Michel
De Soye

UNION GÉNÉRALE D'ÉDITIONS
8, rue Garancière - Paris VIe

33° A L'OMBRE

PAR

THOMAS McGUANE

Traduit de l'américain
par Claire MALROUX

10 18

Série « Domaine étranger »
dirigée par Jean-Claude Zylberstein

DENOËL

Titre original:
Ninety-Two in The Shade
(Farrar, Straus and Giroux, N.Y.)

© Thomas McGuane, 1972, 1973
© Editions Denoël 1978, pour la traduction française
ISBN - 2-264-00656-0

L'homme est fort bien fait
et vit avec empressement
la vie qui est la sienne.

MIKHAIL ZOCHTCHENKO

Nul ne sait pourquoi, entre deux lumineux océans, nous avons tous ces ennuis avec notre république...

Thomas Skelton rentrait de Gainesville avec quatre autres personnes, enfermé dans la sphère close de son hallucination et de son désespoir. Assez défoncé sans doute, mais tout de même pas jusqu'au point d'éprouver cette sensation d'effondrement intérieur, cette perte ou presque d'armature qui fait qu'il est de plus en plus difficile ne fût-ce que de se tenir assis.

Avec deux hommes et deux femmes, il échoua dans un hôtel de bardeaux blancs près de Homestead, fréquenté par des cueilleurs de citrons. Et une longue nuit commença, peuplée de stries, de halos et d'éclipses. Vers le matin, il se retrouva assis sur une immense étendue de parquet luisant. Les meubles se dérobaient à sa vue, les murs s'effaçaient. Il était seul, apparemment, et il en vint à se demander ce qu'il faisait là. Une vitre liquide s'emplissait de lumière gris argent. Et, juste au-dessus du rebord de la fenêtre, il pouvait apercevoir la cime d'un palmier qui flottait doucement dans son champ de vision. Il sut ainsi qu'il se trouvait au second étage. Il se tourna sur le côté et entendit des pièces de

monnaie tinter sur le bois dur du plancher. Des voix lui
parvenaient, rythmées par la fatigue, ainsi qu'un bruit
de mouvements à l'étage au-dessous et de confuses, de
bourdonnantes vibrations dans les solives.

Il se mit debout et avança dans la zone de la fenêtre.
En bas il y avait un carrefour désert et un feu qui chan-
geait de couleur, suspendu dans le vide, à des intervalles
nonchalants et musicaux. Le rouge était aveuglant et il
ferma les yeux à son approche.

Les voix venaient de la salle de bains. Quittant la
fenêtre, il traversa l'espace vague de la pièce déserte en
direction du brouhaha. Dans la salle de bains, une terrible fluorescence moulait les surfaces du sanitaire. Ses
autres compagnons étaient nus dans la baignoire, enveloppés par la flamboyante lueur. Un des hommes se
tenait penché, les mains serrées entre ses genoux. L'autre
s'appuyait au mur derrière la baignoire comme s'il
attendait de monter dans un autobus ou de donner du
feu à une blonde dans un film de 1947. Les deux femmes
faisaient chauffer quelque chose dans un gobelet de
thermos sur la flamme d'un briquet. La baignoire était
montée sur des pattes de grenouille en fer.

Après s'être bien assuré qu'il était vêtu, Skelton se
glissa hors de l'hôtel. Il marcha jusqu'à Homestead,
puis traversa toute l'agglomération, flippant à fond
dans le désert de cinq heures du matin. Ses pieds faisaient un barouf du diable sur le trottoir. Arrivé de
l'autre côté de la ville, il ressentit une petite douleur au
ventre. Il se palpa et découvrit dans sa ceinture un revolver trapu, un colt Cobra de calibre 38. Qu'est-ce que ce
machin faisait là? Il le lança dans les fougères d'un fossé
et poursuivit son chemin. Puis il crut avoir rêvé. Il
revint donc sur ses pas et l'aperçut qui gisait tout au
fond, dur et étincelant sur la vase stagnante.

Les arbres qui bordaient la route étaient pleins de

grives. Skelton marchait toujours. La chaleur augmentait et il commençait à sentir l'odeur du bitume. Puis ce fut le croisement de l'A1A, avec le poteau indicateur pour Key West. Il fit signe aux voitures, pensant : On ne s'apercevra pas que je suis bizarre avant que je sois monté. Il fait chaud. Une fois à Key West, j'emprunterai un peu d'argent et je me paierai un verre. J'achèterai un carton de bières et j'irai faire un tour en barque sur le récif. Si on me dit dans la voiture que je suis bizarre, je prendrai le volant.

Mais nul ne lui fit de remarque. Ni le représentant en quincaillerie, ni le chauffeur d'United Parcel, ni le pêcheur de langoustes qui lui fit faire le dernier bout de route jusqu'à Key West. Lorsqu'il déclara au représentant en quincaillerie que la peinture venait de se détacher d'une seule pièce de sa voiture, celui-ci reconnut qu'à Detroit on bâclait le travail. C'était l'époque des alliances difficiles.

Le soleil, sur toute l'étendue du récif, pénétrait la mer glauque de flèches au chatoiement de vitrail. Des bancs de petits poissons flottaient comme une vaste nébuleuse d'argent qui s'écartait brusquement au passage des prédateurs, puis se regroupait autour de l'invisible trajectoire de l'assaillant disparu. Skelton avançait sur cette vaste multitude, retrouvant son calme et avalant ses six bières à une bonne allure. D'autres poissons des profondeurs avaient découvert le banc et lorsqu'ils s'en approchèrent, des nappes d'argent jaillirent de l'onde puis s'éparpillèrent avec un bruit d'averse. Les mouettes arrivèrent alors par dizaines et s'abattirent partout parmi les poissons, lourdes et étranges.

Lorsque, le banc disparu, Skelton reprit sa course sur le récif rocheux illuminé, il comprit qu'il lui faudrait trouver un moyen pour pouvoir continuer à vivre.

Carter avait une barque pareille à celle de Nichol Dance, mais alors qu'il s'établissait pour pêcher au-dessus d'un banc peu profond, Dance avançait à la perche dans la rosée et visitait les petits bassins où le poisson prisonnier affronte le flot de la marée montante.

Dance pêchait au gré de la marée, comme un chasseur embusqué, en calculant ses haltes de façon que le poisson vienne à lui ou à sa nappe d'appâts. Faron Carter, lui, pêchait suivant l'ancienne méthode : il avançait à la perche en lisière des hauts-fonds au début de la marée, et se repliait ensuite à marée haute sous les palétuviers d'où il guettait le poisson tiré de sa torpeur.

Dance connaissait les points d'intersection et ne maniait la perche que pour redresser le bateau et mouiller l'ancre ou pour prendre en chasse un poisson qui avait mordu dans une eau trop peu profonde pour qu'il pût s'y engager avec le moteur. Il faisait deux fois plus de haltes dans la journée que Carter et pêchait de façon plus intelligente, sa tactique consistant à se trouver là où il fallait quand les poissons arrivaient avec le courant. Il voyait les hauts-fonds non seulement d'en haut, mais transversalement. Or c'était là, dans les creux, dans les minces sillons de sable dessinés dans l'herbe à tortue, que venaient les premiers poissons.

En revanche, par les jours de nouvelle lune ou lorsqu'il se voyait contraint de pêcher à marée descendante, il se débrouillait moins bien avec la perche pour découvrir, quand les conditions étaient défavorables, le poisson qu'il pouvait y avoir.

Lorsqu'il décida d'être guide de pêche, Skelton savait donc qu'il s'inspirerait de ces deux hommes. Car il n'y avait pas d'autres méthodes que les leurs. Les autres pêcheurs du dock étaient de simples répliques de Carter et de Dance, avec le talent en moins.

Carter, d'autre part, était un type régulier, possédant certaines vertus civiques qu'on n'aurait pu attribuer à Dance. Il pouvait passer toute une journée en bateau avec des joueurs de golf renommés et les charmer en leur racontant des histoires de pêche bien tournées. Dance, lui, pensait sombrement à la marée ou s'emportait. Ou encore, ce qui était infiniment pis, il se mettait à boire. Sur une longue période, les deux hommes obtenaient d'aussi bons résultats l'un que l'autre en tant que guides. Jour après jour, Carter déchargeait une quantité de poissons appréciable sur le quai. Dance, adepte invétéré des gros coups, rentrait parfois bredouille, le visage noir de colère, mais, dans ses meilleurs jours, il ramenait des cargaisons de poissons qui laissaient Carter tout pantois. Skelton préférait Dance.

Nichol Dance, à certains égards, était un être sans individualité propre, né à Center, Indiana, en 1930.

Il avait hérité, douze ans plus tôt, du magasin de quincaillerie de Center et d'une parcelle de bois, à dix kilomètres de la ville, plantée de marronniers qui sentaient mauvais au printemps. En six mois, il avait claqué la moitié de son héritage : il chassait le raton laveur, buvait avec ses copains et avec ceux de son père, payait toutes les notes à la ronde. Sa sœur, qui avait épousé un fondeur croate de Gary, essaya de le dépouiller du reste en lui intentant un procès. Mais il réussit à mettre de côté à peu près l'équivalent du prix d'une Ford neuve, alla dans le Kentucky pour se procurer une chienne Redbone et, à la place, acheta un bar.

Un an après, dans des circonstances assez floues, il tua d'une balle un lad de Lexington âgé de quarante ans. Et fut expulsé de la ville.

Pendant de nombreuses années, il porta sur lui ce pistolet, un colt modèle Bisley assez peu commun, avec

une crosse en ivoire mexicaine ornée d'aigles tuant
des serpents, qui pouvait recevoir des balles d'ordon-
nance de 45. Le lad avait fait le malin, c'est vrai. Mais
le colt le démolit en moins de temps qu'il ne faut pour
le dire, à peu près comme un flingue à deux coups qu'on
aurait déchargé sur une fausse oronge déliquescente.

Dance troqua le titre de propriété du bar contre une
Fairlane décapotable à deux portes et roula vers la mer,
se disant que c'était l'endroit où repartir à zéro. Il avait
atteint la côte à Hampton lorsqu'un tambour de frein
menaça de bloquer une roue, en pleine tempête de neige
fondue. Il s'engagea sur l'autoroute 1, tourna en direction du sud et, la suivant jusqu'au bout, arriva à
Key West.

Il avait parcouru ces milliers de kilomètres sans
aucun ennui mécanique grave mais, dans Southward
Street, à Key West, le tambour de frein finit par lâcher
et prit feu. Le caoutchouc et l'huile en combustion du cir-
cuit de freinage se propagèrent lentement à l'intérieur de
la Fairlane, qui était chargée d'affaires personnelles dont
un poste de télévision Motorola, le pistolet en question
et une caisse de munitions de l'État. Il n'y avait rien à
faire sinon rester à l'écart et la regarder brûler. Lorsque
les flammes jaillirent à plus de deux mètres au-dessus
de la capote crépitante, les munitions explosèrent. Puis
ce fut le tour du poste de télévision. Dance avait mis le
colt Bisley à l'abri dans sa ceinture, sous une chemise
sport ornée de feuilles de palmier qu'il avait achetée à
St. Augustine, et de grosses larmes de crocodile rou-
laient sur ses joues. La vérité est qu'il se sentait libre
comme un oiseau.

Une Ford en flammes pleine d'objets qui explosent
attire fatalement la foule. Et, pendant le mois qui suivit,
les Conches — tel est le nom qu'on donne aux Blancs de
Key West d'ancienne souche — faillirent rendre Dance

fou en le suivant partout et en criant de leur bouche édentée : « C'est lui, c'est l'gars qu'sa bagnole qu'a pris feu ! »

Deux semaines de ce manège et Dance commença à leur faire front. Il faut que je me débarrasse de ces salauds, pensait-il. Ils ont vraiment une gueule à vous bouffer par une nuit sans lune.

Puis des boulots divers, traîner dans le port, donner un coup de main à des guides comme Faron Carter, graver des flamants au jet de sable sur les portes en verre des douches, effectuer des remplacements et enfin être guide. Et tout ça sans cesser de penser une minute à ce lad et, chaque année à peu près, en arriver presque, à force de se mettre martel en tête à son sujet, au point de s'infliger la même correction qu'à lui, à titre de rétribution, par souci de symétrie et comme la seule revanche possible contre cette perfidie du sort qui les avait placés, lui et ce lad, de part et d'autre du comptoir de ce bar vide, dont le titre de propriété était le dernier vestige d'une entreprise familiale et d'une parcelle de bois, entités d'une vie sur son déclin.

Ensuite, un mariage raté avec une catholique de Chokoloskee qui dura cinquante-sept jours et se termina devant le tribunal par un partage qui ne lui laissait rien de ce qu'il avait acquis à l'exception d'une barque, et tout le reste partit dans un fourgon de déménagement Bekins avec l'épouse assise devant à côté du chauffeur, à destination des Everglades. Et boire, boire jusqu'au bord du suicide encore qu'il vous manque l'ultime volonté de mettre fin à vos jours, faute de quoi toutes les ciguës et tous les colts du monde n'ont pas plus d'utilité que des billets pour des matches de boxe, des photocopies de titres de propriété envolés, ou des photos de la charrue à cinq socs de grand-papa.

Le skiff de Nichol Dance, *Bushmaster* [1], était rangé dans la crique qui coupait en deux l'îlot de Grassy Key, non pas à l'ancre, mais enfoncé dans les racines rouges des palétuviers sous un dais de moustiques et de mouches de sable. Toute cette extrémité de la crique où se trouvait Dance puait le whisky. Le radio-téléphone de bord était sur la fréquence, et du haut-parleur crachotant sortait une voix qui incitait le citoyen prostré de l'Indiana à « penser jeune ». Dance était couché là, donnant à peine signe de vie, son esprit en train de sécher comme un jambon.

Carter coupa le moteur, et Skelton et lui, n'apercevant ni trous de balle ni mare de sang, comprirent, comme ils s'en étaient douté tout du long, qu'il s'était encore soûlé avec une des flasques qu'il gardait toujours en réserve dans les viviers. Mais, pensait Tom Skelton, l'intention de se tuer, pour aussi détournée ou contrariée qu'elle soit, est déjà plus que suffisante.

« Voyez si vous pouvez faire démarrer cette putain de barque », dit Carter.

Thomas Skelton monta à bord du *Bushmaster* et abaissa l'hélice au moyen du levier de commande à l'avant. En entendant le bourdonnement électrique de son engin, Nichol Dance commença à sortir de sa torpeur. Thomas Skelton, pour sa part, s'oublia provisoirement, oublia le côté un peu sinistre des circonstances. Il ne sentait qu'une chose, que le léger tremblement qui s'emparait de lui était celui-là même du bateau lorsque, ayant embrayé, le moteur communiqua sa vie puissante à l'embarcation tout entière, en soulevant autour d'elle de légers clapotis dans la crique.

1. Nom d'une grosse vipère américaine appartenant à la famille des Crotalidés et dont la morsure est venimeuse *(N. d. T.)*

Nichol Dance se dressa sur son séant et, de l'air de quelqu'un qui y aurait fait carrière dans une vie antérieure, annonça qu'il voulait se lancer dans le show business. L'action chimique de l'alcool gonflait la peau autour de ses yeux. Sur le plancher de la barque gisait le colt à crosse d'ivoire du Mexique. A l'endroit de la poitrine, sa chemise à fleurs en gardait l'empreinte.

L'inquiétante apparition de Dance provoqua un silence momentané, pendant lequel on put entendre le frémissement des oiseaux volant dans la crique broussailleuse. Même le glouglouttement des crustacés sur les racines rouges des palétuviers et le lent écoulement du flot parurent se hausser d'un ton ou deux tandis que Dance fixait les deux hommes du regard lointain qu'on attribuerait à juste titre aux morts qui viennent de ressusciter.

— Y a plus moyen de savoir ce qu'on veut, dit-il.

— En quoi ça te paraît si particulier? demanda Carter.

— Pourquoi, ça doit être particulier pour que j'en parle?

— Pas si vous êtes disposé à faire une concession.

— Vous êtes le gosse à Skelton qu'est toujours fourré sur le satané banc en face de moi.

— Exact, répondit Skelton d'un ton tranchant à ce démoniaque ivrogne.

— Je me demande pourquoi.

— J'aime les sports nautiques, voilà pourquoi.

— Très bien, mais, mon petit, je ne vous conseille pas de continuer.

— Je ne demande pas de conseil, répondit Tom Skelton.

— Je veux dire, reprit Dance, qu'une journée en bateau peut devenir franchement désagréable.

— J'aurais plutôt pensé, dit Tom Skelton, que sortir en mer juste pour se tirer une balle dans la peau risquait de gâcher la promenade.

— Dites donc, espèce d'enculé, j'suis pas venu ici pour qu'on se paie ma tête.

— Moi non plus. »

Nichol Dance saisit le colt et le déchargea sur les palétuviers tout autour de Tom Skelton en déclenchant un vacarme comparable à celui d'une bataille.

« Eh! enculé, cria-t-il, j'ai l'impression que vous m'écoutez pas! »

Carter dit : « Tu as paniqué ce garçon. Maintenant, reprenons notre sang-froid tous tant que nous sommes et rentrons. Ce pistolet, Nichol, devient un danger public. »

Et Dance répondit à Carter : « On a empêché tant de types d'encombrer la profession que ça me déprime de tomber sur un os pareil. » Il eut un sourire radieux.

« Je ne sais pas ce que vous appelez un os. Je vais être guide, c'est tout », dit Skelton.

Nichol Dance le fixa d'un air d'approbation presque sobre. « Alors, pourquoi vous faites pas votre petit numéro?

— Je crois qu'il en a l'intention, dit Carter. Maintenant, allons-y avant que le soleil se couche. »

Bon. Skelton se mit en marche arrière, recula lentement dans l'étroite passe marécageuse, au-delà de Carter qui recula à sa suite, l'eau ondulant sous l'effet des remous sablonneux engendrés dans le fond de la crique. Dance était assis confortablement dans un des sièges de pêche, les traits encore troubles, mais il y avait toujours quelque chose d'indestructible dans les boursouflures sous ses yeux. Sinon, ce n'était qu'un rustaud expatrié, un homme expulsé de son bar pourtant libre d'hypothèques pour avoir, dans un cas pas tout à fait injustifiable de légitime défense, logé une balle dans le bréchet d'un type qui s'occupait de chevaux. Un représentant de cet univers de mauvais acteurs américains qui, lorsqu'un coup dur arrive, se réfugient en Floride, flanqués de leurs monstruosités gothiques ou grotesques en chrome et béton préfabriqué.

Quand il jugea qu'il avait assez de champ, jugement délicat qui reposait sur l'évaluation précise de la distance entre l'hélice et le fond de l'océan, Tom Skelton fit déjauger le skiff et franchit le banc peu profond en filant droit sur l'îlot de Harbor, puis il vira brusquement vers le sud-ouest pour emprunter l'itinéraire habituel des langoustiers, un chenal sinueux de deux pieds de large peut-être qui, à cette heure de la marée, était le seul et unique moyen de traverser le banc qui les séparait de Key West. Nichol Dance, faisant pivoter sa tête sur un cou brun et ridé par le soleil, jeta un regard à Carter en levant les sourcils. Skelton mit le cap sur les cheminées de la centrale électrique et prit le chemin du port.

Des canards sauvages et des cormorans se levaient à l'approche des bateaux, prenant obliquement leur vol. Les gorgones, les coraux, les roches jaunes, les casiers à crabes et à langoustes se découpaient, clairs et démesurés, dans l'eau peu profonde. Les bouées marquant les casiers étaient attachées à des flotteurs faits de flacons de Clorox qui traînaient dans l'eau au bout de lignes jaunes. Mais Skelton, au terme d'un long et pénible processus, avait fort bien appris à se déplacer dans ces parages, ayant dû passer plus d'une nuit dans des marais infestés de moustiques à la suite d'erreurs de jugement. Il avait manié la perche pendant des journées entières contre vents et marées, avec des arbres moteurs gauchis et des hélices arrachées, faute d'avoir enregistré mentalement la présence de coraux ou de bacs à glace jetés à la mer par des navires de commerce ou pour avoir manqué les chenaux dans la lumière aveuglante lorsqu'il franchissait des récifs peu profonds.

Loin derrière, à présent, sur l'îlot de Monte Chica, on apercevait la silhouette d'une tour en brique sur le fond calme et brouillé du ciel.

« Arrêtez-nous au bassin à carburant », dit Dance, plus morne que jamais, mais qui laissait échapper de ses lèvres plissées un mince filet d'air délétère témoignant de quelque abominable chimie viscérale.

Roy Soleil, l'officier du port, se tenait à côté des deux pompes, donnant vaguement l'impression d'en être une troisième. Il ne fit même pas le geste de leur jeter une corde tandis que Tom approchait lentement du quai, puis reculait pour effectuer un accostage en douceur qui fit une nouvelle fois lever les sourcils à Dance. Derrière eux, Carter accostait au même instant et l'esprit de Tom se dilatait à la pensée de toutes les erreurs de navigation qu'il avait évitées.

« Bon Dieu, dit Roy, le rescapé du siècle! »

Nichol Dance ne leva pas les yeux. Il maintint sa nuque qui s'empourprait, baissée, tandis qu'il remplissait le réservoir de la barque.

« Je me demande ce qui pousse les gens à s'enrôler dans ces missions de sauvetage, continua Roy. Mais peut-être est-ce qu'un sauvetage est quelque chose que tout jeune garçon doit expérimenter. »

Quand Nichol se redressa pour lui jeter un regard empoisonné, Roy rougit un peu, mais visiblement sans se départir de sa bizarre attitude.

« Qu'est-ce qui vous prend? dit Nichol Dance.

— Qui, moi? »

Roy, l'officier du port, un homme deux fois gros comme Nichol Dance et célèbre pour ses accès de rage furieuse, poursuivit : « Nichol, tu m'as bien compris. »

À cet instant, même à la distance où il se trouvait, Carter vit très exactement ce qui allait se passer. Mais le laps de temps qui, même pour un spectateur aussi proche que Skelton, s'écoula entre le moment où Nichol lâcha la pompe à essence et celui où il s'avança sur le quai armé de la gaffe à poignée de hêtre fut imperceptible. Skelton supposa qu'il y avait eu un prélude quelconque, voire une riposte de la part du gigantesque officier du port. En tout cas, Nichol Dance savait manier la gaffe et l'officier du port se trouva par terre en un clin d'œil, proprement embroché entre la hanche et les fausses côtes. Cependant que Nichol Dance qui, penché sur lui, lui assenait des coups, agrippait la poignée en bois dur des deux mains et appuyait dessus de toutes ses forces comme pour tuer un serpent. Il dit à Carter : « Appelle un toubib pour ce Polak de soudeur à l'arc du New Jersey. » Carter courut à la cabine téléphonique et Dance désembrocha l'officier du port qui gisait, perdant son sang, lançant des regards furibonds et se tenant les entrailles de ses doigts entrelacés. Puis à Skelton il dit : « Vaudrait mieux faire venir aussi un flic avant que je lui démolisse complètement le portrait, à cet enculé. »

Il regarda Roy.

« Roy, c'est pas l'idée d'aller en prison qui m'empêcherait de vous casser la gueule.

— Je vois ça. »

Lorsque Tom revint, ils s'assirent pour attendre. D'abord l'ambulance arriva et emmena l'officier du port. Puis Nichol Dance remit à Skelton un carnet de ses réservations et lui dit de se servir de sa barque. « Je vous passerai un coup de fil de taule pour vous faire savoir ce que je devrai retenir sur vos bénéfices.

— Pourquoi me choisir ?

— Si je passais les réservations à Cart, je les perdrais. Avec vous, je suis sûr de les retrouver. »

Ce n'était pas un début bien brillant. Néanmoins, Skelton pouvait considérer son départ dans la carrière sans avoir le sentiment d'être le jouet des circonstances.

Il nourrissait des espoirs immenses pour l'avenir. Les amas glaireux d'œufs ne sont-ils pas reliés par d'indéchiffrables processus d'évolution à de radieuses créatures marines ?

« J'ai gardé un souvenir particulièrement net de cet automne-là, disait la mère de Skelton, parce que j'étais enceinte de toi. Un homme de Sugarloaf était mort de piqûres d'abeilles sur un des tumulus indiens et des gens le ramenèrent à Key West. Ils le transportèrent directement aux locaux du journal et étendirent son cadavre sur les marches du vieil hôtel de ville pour prendre des photos, mais il y avait un chien, le chien d'un homme de couleur, qui hurlait et ne voulait pas les laisser faire. Alors ils ont jeté le cadavre dans une limousine Ford pour l'emmener à l'établissement funéraire. Le visage était gros comme ça à cause des piqûres et le chien de l'homme de couleur a poursuivi l'automobile sans cesser de hurler jusqu'à ce que son propriétaire l'ait fait déguerpir vers le dock aux crevettes. Il s'est tapi sous les piles et il a continué de hurler. Ce soir-là, quand les pêcheurs sont sortis du port, on pouvait entendre les hurlements malgré le bruit de moteur de tous les crevettiers et alors ton père est allé chercher le chien et il l'a mis dans la citerne avec deux bons kilos de rumsteak jusqu'à ce que les hurlements s'arrêtent. »

Skelton qui écoutait, immobile, avait l'impression de se mouvoir dans toute la maison, à travers le désert absolu de ses pièces. Il pensait : tant de choses se sont perdues. Par cette chaleur, chaque poubelle regorge de squelettes de poissons. La ville dégage cette puanteur de lézard qui est propre aux églises ou aux catacombes. Une narcose aussi lente à se consommer que la vie appelée peut-être à lui succéder.

Le vestibule chez Miranda : une table grêle en acajou visitée des termites depuis un siècle supporte un bocal à conserves en verre épais de couleur verte et au numéro à demi effacé contenant, dans l'opacité de son eau végétale en provenance de l'aqueduc, des fleurs de coloquinte orange et veinées que la lumière découpe en blasons délicats.

Il faisait frais, là, dans cette maison qui renfermait une femme aimée, les pénétrantes rumeurs d'une ruelle cubaine et, dans une fenêtre du haut, le panorama du golfe du Mexique.

Skelton se demandait combien de morts on avait transportés à travers ce vestibule. Si on pouvait répondre à cette question, on disposerait d'innombrables anecdotes sur notre condition mortelle dont on pourrait régaler ses amis. Ou, à défaut d'amis, que l'on pourrait communiquer à ces ténèbres point si limitées dont nous sommes corporellement les actionnaires. L'astuce, en fin de compte, Skelton le savait, consistait à faire crouler la salle sous les rires en gardant pour la bonne bouche la meilleure de ces histoires qui racontent comment nous mourons et mourons et mourons.

Quel cauchemar. Baiser pour l'oublier. Miranda se droguait aux amphés, barrait ses sept et avait un ascendant Lion. C'était l'amie de Skelton, une jolie fille dont la longue chevelure noire ondulait au moindre pas.

Le ventilateur ne faisait aucun bruit dans la salle de séjour. La porte de la chambre était entrebâillée. Skelton s'arrêta au milieu de la pièce et un frisson le parcourut quand il entendit de l'autre côté de la porte le grincement rachitique du sommier. Il essaya sans parvenir à se dérider de l'interpréter comme une indescriptible catastrophe publique. Douleur. Il s'approcha de biais, perçut à travers cette nouvelle échappée les contor-

sions à l'intérieur et ne put s'empêcher de crier :
« Miranda... », de sorte que le silence qui régnait dans
la salle de séjour tomba comme une chape sur toute la
maison.

« Tom ?

— Oui...

— Je fais l'amour. Attends que j'aie fini. »

Skelton courut à la fenêtre comme s'il chevauchait un
tourbillon d'air brûlant. Incapable de tenir en place, il
revint vers la table, fouilla dans la boîte à couture, en
sortit une petite tabatière d'argent, un miroir de poche
et une lame de rasoir. Avec des doigts qui tremblaient, il
ouvrit la tabatière et forma un petit tas de cocaïne sur le
miroir. Il le divisa, l'étala en deux longues fines traînées
blanches, ferma une narine, puis l'autre, et aspira.

Abandonné contre le dossier du fauteuil, il tendit à
nouveau l'oreille pour écouter le bruit du lit qui semblait palpiter dans la pièce, ténébreux comme une serre
d'oiseau. Mais un moment après, alors que son nez
devenait insensible et que sa gorge semblait ne plus
pouvoir se contracter, le bruit ne lui parut plus inhar-
monieux. Et lorsqu'il eut cessé, il partagea la sensation
d'épuisement et de détente qui lui succéda dans la
chambre. De l'autre côté de la pièce, la haute fenêtre
projetait vers lui un bouclier de lumière. Et sur le seuil
de la porte par où il était entré s'étalait un rayon de
soleil flamboyant. Il lui sembla peu à peu que Key West
fendait l'Atlantique comme un vaisseau à l'allure terriblement lente. La chrysalide dont il sentait parfois la
présence au-dedans de lui s'épanouissait et flottait
lumineusement.

« Tom ?

— Ah ! Miranda !

— Tu es défoncé ?

— Un peu.

— Parce que tu étais contrarié?

— Oui.

— Je te présente Michael.

— Navré, dit Michael.

— Ça ne fait rien. Vous avez passé un bon moment?

— Excellent.

— Eh bien, c'est parfait. »

Michael dit : « J'ai un avion à prendre.

— Eh bien, content de vous connaître et je suis ravi que vous ayez passé un bon moment... et, euh, que vous ayez un avion à prendre...

— Merci. » Un baiser rapide à Miranda et adieu. Quand il fut parti, Miranda dit : « Tu ne t'es pas piqué?

— Non. J'ai prisé un peu de ta cocaïne. Qu'est-ce que c'est que ce vacarme?

— C'est Michael qui sort.

— On aurait dit que la maison allait s'écrouler.

— Tom, j'ai eu un orgasme fantastique.

— Parce que, par-dessus le marché, il faut que je t'écoute parler de tes orgasmes?

— Rien que de celui-là, Tom. C'était comme un rêve de friandises. Ça faisait penser à la barbe à papa, à la meringue, aux blancs d'œufs battus en neige, à tous ces nappages de sucre glacé à la viennoise...

— Et quand ton copain a déchargé, c'était quoi? Des crêpes au fromage ou une omelette?

— Tu n'as qu'à lui demander. » Debout à côté de Skelton, elle attira sa tête contre elle. Il glissa sa main vers l'ouverture de son sexe. Encore quelque chose de douloureux. Parcelles d'une vie supposée morte. Quand la lumière viendrait-elle? Il lui faudrait voir la pâle défonce de la cocaïne pâlir comme une flamme d'acétylène. Et comment pouvait-on rêver de l'Éden quand ce qu'on souhaitait à la bien-aimée c'était un pet, oui, un de ces pets énormes comme en provoque la bière. Ou,

au mieux, le soulagement qu'on éprouve lorsqu'on sent
sortir un point noir sous la pression de deux ongles.
Ici, on ne s'était rien de moins que gobergé de dra-
gées et cela rendait Skelton méchant. Quand la cité
radieuse verra le jour, on construira un taudis tout
exprès pour moi et ma méchanceté. Je serai l'homme, si
homme il y a, au taudis. Il y aura un spécimen de tout.
Un rat, une boîte de fer-blanc. La cité radieuse me fera
signe au loin. L'ombre du monument de Bakounine ne
s'étendra pas tout à fait jusqu'à ma porte. Le soir, la
rumeur joyeuse des finales syndicalistes de badminton
me parviendra, portée par une douce brise qui s'aigrira
en pénétrant dans mon taudis. Je me conduirai mesquinement...

« Tom, qu'y a-t-il?

— Je suis jaloux.

— C'est mal. Et je croyais que tu devais t'abstenir de la
drogue.

— Et de la jalousie alors! Il y a pas mal de choses
dont je devais m'abstenir. J'aimerais écraser une pleine
tasse d'amphés et me les injecter tout de suite. Je suis
malade de chagrin et de jalousie et je me parjure. Je
veux priser encore de cette coco. Et en plus, il a fallu
que j'écoute la description de ton orgasme viennois.
Bon Dieu! »

Ils gardèrent le silence pendant quelque temps. Puis
Miranda dit : « J'ai vingt-quatre ans et j'ai couché avec
des tas de types...

— Je sais.

— ...pour qui j'éprouvais toujours au moins de l'affection.

— Je comprends.

— Et je ne tolérerai pas qu'on en fasse quelque chose
de laid. Tâche d'imaginer une autre sorte d'innocence.
Moi aussi, j'ai essayé de m'en tirer, tu sais.

— Je sais, chérie. Je suis désolé. Je le désire aussi, naturellement. Mais il y a autre chose qui intervient là-dedans, vois-tu... »

Ils prirent l'auto pour aller à Rest Beach, de l'autre côté de la caye. Ils pouvaient entendre une voiture de pompiers au loin, dans le quartier proche de Simonton. Il faisait chaud et Skelton sentit le poisson quand la benne à ordures les dépassa, bruissante de feuilles de palmier. Un écriteau était suspendu à l'arrière entre les deux éboueurs : NOCES ET BANQUETS. Le vent soufflait vers l'est, annonçant un changement de temps, et l'odeur de la centrale électrique empestait les rues.

A Rest Beach, ils garèrent l'auto et se frayèrent un passage entre les baigneurs. Il n'y avait pas beaucoup de vent et la mer était tout à fait lisse sous le ciel vide. Très loin au large, un navire isolé, un cargo peut-être, semblait parfaitement immobile sous sa fumée qui obliquait à peine avant de s'évanouir dans une traînée bleue.

Ils s'engagèrent sur la jetée, où la mer tremblait entre les pierres comme de la gélatine. Tout au bout, Miranda s'assit, ses cuisses hâlées disparaissant dans son short. Ses yeux verts, fixes, ne semblaient rien voir et Skelton n'était pas très heureux.

« Tu n'as jamais encore surpris une femme? demanda Miranda en ramenant du pouce ses cheveux derrière l'oreille.

— Si.

— Une seule fois?

— Non, trois.

— Ces femmes, comment elles étaient?

— Quelconques.

— Toutes les trois?

— Non, deux étaient quelconques. L'autre était une camée.

— Et moi, qu'est-ce que j'étais?

— Tu étais ma petite amie. »

Trois perroquets de mer, rayés, très longs, se balançaient dans la houle à leurs pieds. Ils se laissaient porter
sur la crête de chaque petit rouleau, confiants que la
mer ne les entraînerait pas jusqu'aux rochers, puis
repartaient dans le creux de la vague, répétant sans fin la
même boucle. L'eau était aussi verte que le bocal qui
contenait les fleurs de coloquinte.

« Tu as l'air bizarre, dit Miranda. C'est l'effet de la
cocaïne? » Skelton ne répondit pas. « Bon, c'est encore
Michael.

— Je le suppose.

— Michael était mon amant.

— Pourquoi faut-il que je sois aussi stupide?

— Je n'en sais rien.

— Je ne devrais pas être comme ça.

— Je sais, mais c'est comme ça que tu es.

— Je me corrigerai. »

Tout en sachant qu'il pouvait tenir encore, Skelton
sentait au-dedans de lui une immense débandade silencieuse, un déraillement des systèmes de contrôle : l'express cocaïne. Cet effet, assez anodin en apparence, il
savait pour l'avoir éprouvé en d'autres occasions que
c'était le premier pas dans la course vers l'abîme de
l'*overdose*. Il était de tradition, dans sa famille, d'aller
jusqu'au bout. Cette fois, cependant, il fallait prendre le
virage, car il avait entrevu récemment ce seuil vertigi-
neux où continuer à respirer est une affaire de décision.

« J'ai été victime des circonstances. J'ai pensé à la
mort toute la journée. Dieu sait pourquoi. Ma mère m'a
raconté une histoire abominable... » Enfin il pouvait se
perdre dans des paroles qui permettraient de conjurer
la jalousie, dans des récits concernant les morts, à commencer par l'homme qui avait été tué par des abeilles
sur le tumulus indien. Évoquer les visages familiers de

cousins ou de connaissances qui reposaient, fardés, près d'un climatiseur ou au-dessous d'un ventilateur, plus profondément étrangers sous leur maquillage que n'auraient pu les rendre, de leur vivant, les vices les plus insensés. Ou bien ce jour où, encore écolier, il avait découvert avec un ami une religieuse cubaine noyée dans la citerne. A peine de la taille d'une fillette, elle flottait, la face dans l'eau stagnante, les plis de sa robe déployés comme des ailes parmi des nuées de têtards et de larves de moustiques. Quand le père de son ami, un pâtissier, était rentré, il avait jeté un coup d'œil dans la citerne en disant qu'il s'était toujours douté qu'elle ferait ça un jour. Sans la moindre émotion, ils avaient transporté le petit cadavre jusqu'à la pelouse. Puis tous trois, d'un même mouvement, l'avaient laissé choir dans l'herbe : ce n'était qu'un tas noir et blanc au milieu d'une mare d'eau de citerne et de têtards échoués, une chose.

« C'est affreux.

— Oui.

— Pourquoi me racontes-tu ça ?

— Il y avait un lien...

— Entre ces histoires macabres et le fait que tu m'aies surprise ?

— Oui.

— Quel lien ?

— Eh bien, lorsqu'on se rend compte que tout le monde doit mourir, on devient une sorte de puriste terrible. Il n'y a pas de temps à perdre, il semble, pour la bagatelle.

— Mais, chéri, le temps n'est fait que pour ça. »

Dans l'eau transparente, au bout de la jetée, le courant poussait quelques grosses méduses. Aussi délicatement veinées que les fleurs de coloquinte, elles se dilataient comme une boule de verre à l'extrémité de la pipette d'un souffleur, puis se propulsaient brusquement dans le sens de la marée.

« Allons-nous-en d'ici », dit Skelton.

Key West était une ville que Thomas Skelton ne supportait que jusqu'à un certain point. Sans l'océan, il savait qu'il n'aurait pas pu la supporter du tout. Ce n'était pas drôle de s'annihiler pendant une semaine de quarante heures. Mais c'était pire d'être en chômage et de se trouver dans Duval Street à la mauvaise heure. Ou devant le bar des Red Doors, dans Caroline Street, quand on en sortait avec la civière et que les pêcheurs de crevettes s'enfonçaient dans la nuit pour fumer sous les étoiles et couler un regard à travers les vitres de l'ambulance. Mais le type au couteau n'était jamais interdit au bar. Il s'approchait tranquillement du jukebox en essayant de se rappeler au juste qui il était. Il faisait jouer l'*Orange Blossom Special*[1] pour quelque femme qui était là dans la salle à se mirer dans le formica sans jamais lever les yeux. Dans la soirée de rêve des salariés à mi-temps, la chanson prenait fin. L'ambulancier tenait un miroir devant la bouche de la victime, tout en cherchant à se rappeler s'il avait envoyé la garantie de son climatiseur. Les yeux du pêcheur de crevettes se brouillaient aux sons de l'*Orange Blossom Special,* son hymne national. Il se remémorait son enfance à Pascagoula, lorsqu'il n'avait encore jamais poignardé un être humain, déchiré un hymen ou écrasé un homme qui était à terre.

Mais Skelton avait aussi de bons souvenirs, quand il était allé aux Marquises par une journée d'hiver encore froide où les prêles des champs se découpaient sur un ciel de baromètre en hausse et qu'un radieux rideau de

1. La fleur d'oranger, *orange blossom,* est l'emblème de la Floride. *(N. d. T.)*

lumière fuchsia se levait du Gulf Stream. Et lorsqu'il rentrait en franchissant le détroit de Boca Grande jusqu'aux lacs, puis en prenant vers Cottrell pour éviter les langues de terre, sachant qu'il allait retrouver Key West dressé sur la ligne d'horizon grisée de la mer et du ciel. La ville alors ressemblait à un mètre pliant tout blanc découpé en sections. Et les maisons chaque fois émergeaient lentement, avec leurs façades en bois peintes, de la morne masse de la base sous-marine.

Les jours où il était malmené dans les traversées du détroit et s'arrêtait pour se sécher tout en prenant un verre, la fille de l'arrière-pays en robe de coton bon marché lui offrait des Seven Crown et des Seven-up [1]. Tous deux alors planaient en descendant Duval Street dans une pluie de lumières artificielles, d'étoiles et d'insectes.

Key West était une ville où il y avait à prendre et à laisser. Ç'avait toujours été le lieu de prédilection des pirates.

Skelton, s'il n'avait tenu qu'à lui, n'aurait pas choisi d'habiter une carlingue dans un terrain vague à côté d'un hôtel borgne, mais lorsque l'argent vint à lui faire défaut et qu'une demi-douzaine de carrières rêvées s'escamotèrent comme les tubes rentrants d'un télescope, ceux qui auraient pu l'aider s'abstinrent de voler à son secours. Ses voisins, gens on ne peut plus impécunieux, jugèrent d'abord son incursion dans l'enseignement plutôt extravagante. Peindre sa maison, pêcher la crevette et caresser le rêve un peu naïf de devenir guide avaient en revanche à leurs yeux un caractère familier de bon aloi. Skelton retrouva sa popularité.

La carlingue, vestige d'un avion de reconnaissance de

1. Whisky et soda. *(N. d. T.)*

la marine qui avait atterri en catastrophe, reposait comme il se doit sur une plate-forme de béton et se trouvait maintenant recouverte, dans ce climat tropical propice à la croissance, d'un prodigieux fouillis de figuiers, dont la vigueur tordait lentement les plaques d'aluminium rivetées, de bougainvillées, de jasmin de Chine et d'une délicate variété de jasmin trompette dont les diaphanes fleurs bleues tombaient en cascade tout autour de la porte à fermeture étanche.

Au cours du dernier mois, un sergent instructeur alcoolique avait pris une chambre à l'hôtel. Et tous les matins, à sept heures, il faisait faire l'exercice aux poivrots dans la cour, aux poivrots qui, sous le soleil déjà haut de Key West, titubaient sur la terre durcie, traînant les pieds dans la poussière et balançant convulsivement la tête sur un cou faible et amaigri, les cheveux gominés, le menton garni chez certains de quelques vagues poils blanchâtres, le nez veiné, les dents cassées, le corps marbré de meurtrissures à la suite de chutes. De sa fenêtre, le matin, Skelton ne percevait que des têtes qui défilaient au-delà de la palissade et qui changeaient brusquement de place, la clameur des ordres que lançait le sergent, le lent et inexorable nuage d'absurde poussière.

Mais aujourd'hui, rentrant chez lui, quand il eut refermé la porte et retrouvé le décor familier de la carlingue, il éprouva un certain soulagement à être loin de Carter et de Dance, auprès de qui il se faisait vraiment l'effet d'être un béotien. Ici, dans la carlingue, au milieu de ses livres, des *Poissons des Bahamas* et des *Observations sur la physiologie des invertébrés marins* de Bohlke et de la série complète de la Bibliothèque moderne avec lesquels, bien des années auparavant, il pensait s'attaquer à l'univers au niveau le plus primitif, parmi ces objets familiers, tandis que ses ambitions se déployaient toutes à la fois dans des directions parallèles, son amour-propre souffrait beaucoup moins. Il était le produit de cette continuité-là.

Il composa le numéro de téléphone de sa mère.

« Maman, ici Tom. Je ne peux pas venir dîner. Mais je passerai dans la soirée. Comment va papa ?

— Il se repose gentiment. Si seulement ton grand-père pouvait le laisser tranquille...

— Il est là ?

— Il est venu à bicyclette.

— Et papa, comment le prend-il ?

— Pas trop bien, à vrai dire.

— Bon. Je passerai. »

Skelton fit réchauffer quelques aliments qu'il avait dans le réfrigérateur : du picadillo, des bananes frites, du riz jaune, des haricots rouges. En même temps, il prenait des notes sur un bloc. Il mastiquait et ruminait, tandis que, par le hublot, lui parvenaient les ordres du sergent, la plainte des grives et le bruissement des lianes et des feuilles contre les parois gauchies de la carlingue. Il aimait ce coin, avec son drapeau anarchiste noir, sa couchette utilitaire, son bureau, sa table de bridge, son fourneau à propane et son réfrigérateur. Il pouvait grimper en haut de la couchette au moyen d'une échelle escamotable et embrasser du regard les toits de tôle, les belles demeures anciennes des charpentiers en navires et les poincianas qui bordaient la rue de leur éclat mystérieux. Le cimetière était suffisamment proche pour qu'il pût distinguer, de l'extrémité de la rue, le marin en bronze d'époque victorienne, tenant sa rame, du monument aux navigateurs du *Maine*. Si elle n'avait été bouchée par une maison, la vue aurait pu s'étendre plus loin encore, jusqu'aux courts de tennis et à la statue de José Marti dont le buste ressemblait à celui d'un écolier affublé d'une fausse moustache, feuilletant des pages de marbre d'une main languissante. Un monument doté d'une certaine originalité propre qui se retrouvait dans l'inscription :

L'APÔTRE CUBAIN DE LA LIBERTÉ
A VOULU OFFRIR
AUX HABITANTS DE KEY WEST
CE QUI RESTAIT DE SON CŒUR

Et aussi dans l'hommage gravé de *Los Caballeros de la Luz,* les cavaliers de la lumière. Skelton ne pouvait voir ces choses sans éprouver le désir irrationnel d'être lui aussi un apôtre de la liberté et un cavalier de la lumière, un timide pourvoyeur des lassos de l'éternité.

Un ciel grouillant d'oiseaux le rendait tout à fait incapable de demeurer longtemps sur la terre ferme. Et les jours où, à cause d'une forte marée, la mer se retirait exceptionnellement loin, mettant à découvert les bancs autour de Key West et remplissant les ruelles venteuses de l'odeur merveilleusement fertile de l'océan, il entrait vraiment en transes.

Les révélations de ce jour, le skiff et les futurs clients, tout cela il le rumina à loisir, ayant ce qu'il souhaitait.

Il se rendit chez ses parents, dans Peacon Lane, tira la sonnette de la grille et attendit sa mère. Elle arriva et le conduisit sans mot dire jusqu'au patio recouvert de pavés rouges anciens. La profonde véranda se déployait sur ce patio parmi une glauque cascade de végétation et de lumière qui tombait des pots de fougère bruns suspendus au rebord de son toit. A l'autre extrémité, un petit tourniquet projetait des gerbes de gouttelettes étincelantes dans la clarté qui filtrait à travers les feuillages. Au beau milieu de la véranda dallée de carreaux verts, il y avait, trônant dans son lit entouré d'une moustiquaire, son père, et son grand-père assis à côté dans un fauteuil d'osier cubain.

« Comment ça va ? demanda-t-il à sa mère.

— Bien.

— Mère, comment vont-ils?

— Va-t'en leur parler.

— 'soir, grand-papa.

— Tom.

— Comment te sens-tu, papa?

— Il se sent très bien, intervint le grand-père.

— Si personne ne flanque ce sinistre crétin dehors, s'écria la silhouette taciturne à l'intérieur de la moustiquaire, je chierai dans mon froc et je ferai exprès de mourir.

— Chiche! dit le grand-père. Tu simules déjà fort bien la maladie.

— Grand-papa!

— Tous les médecins de Key West disent que c'est purement mental... »

Dans sa cuisine, Mrs. Skelton se taisait, en abstentionniste.

Le père de Skelton se mit à mordre à belles dents son oreiller. Doucement, Skelton passa la main sous la moustiquaire et le lui retira. Des touffes de duvet s'éparpillèrent sous la véranda.

« Qu'on jette ce cochon merdeux dans le Gulf Stream », dit le père de Skelton. Le grand-père bondit et se rua sur la moustiquaire, mais Skelton l'obligea à se rasseoir.

« C'est ça, dit le grand-père en tirant de dessous le fauteuil son verre de rhum. Liguez-vous contre moi.

— Allons, grand-papa.

— T'as enfin trouvé du travail, grosse tête?

— Oui, je vais commencer bientôt.

— Et qu'est-ce que tu vas faire?

— Guide.

— Ah! parfait! Je te retrouverai aux Red Doors avec tous les autres soûlards de capitaines au rabais.

— Tu ne me verras pas aux Red Doors. De toute façon, je vais être guide de pêche. Et d'ailleurs, depuis quand te mêles-tu de faire la leçon aux autres?

— Balance ce vieux schnock par-dessus le mur! dit le père de Skelton.

— J'ai faim! » beugla le vieil homme en se tournant vers la cuisine. Puis, d'une voix assourdie : « Regarde! Regarde! Il fait le mort. »

Skelton s'approcha de la moustiquaire. Son père semblait avoir trépassé. « Papa?

— Ôte-toi de là. » Un soupir retentissant s'échappa de la poitrine de l'homme à l'apparence juvénile. Il se dressa brusquement sur son séant et promena ses regards sur le décor familier. « Je veux pisser.

— C'est pas commode quand on est au lit, hein? » ricana le grand-père.

Mrs. Skelton se montra à la porte de la véranda. « La soupe est prête!

— Qu'est-ce que c'est? demanda le grand-père.

— Ça vous plaira.

— Mais qu'est-ce que c'est?

— De la bouillabaisse à la têtarde.

— Je m'en vais. Je peux pas manger ça. J'aime pas la nourriture de nègre. »

Il disparut dans l'office et en revint avec un verre d'eau qu'il lança à la figure du père de Skelton à travers la moustiquaire. « La vie est belle! rugit-il. Tu es bouché, ma parole! Lève-toi! »

Sept mois passés au lit avaient sans doute atrophié les muscles du père de Skelton. De sorte que l'injonction du grand-père à ce nouveau Lazare était pour le moins chimérique. Quoi qu'il en soit, le vieil homme qui se montrait souvent désagréable franchit en hâte le patio puis la grille sans ajouter un mot. Toute une partie de la moustiquaire était mouillée. A l'intérieur, le père de

Skelton marmonnait avec haine un pastiche de citations maladroites de Marlowe assorties de grossièretés locales.

Skelton goûtait la bouillabaisse, contemplant les morceaux de poisson, les rondelles de carottes, le cerfeuil, les bouts de pommes de terre, les oignons et les coulées de tomates qui tournoyaient et disparaissaient dans la bisque odorante tandis qu'il passait la cuillère de bois dans la grosse marmite. « Je n'aurais pas dû manger, dit-il.

— Bah ! ça n'a pas d'importance ! répondit sa mère. Va lui tenir compagnie. »

Skelton s'assit délibérément à côté de la partie mouillée de la moustiquaire, de sorte qu'il percevait le visage de son père comme à travers un brouillard.

« Alors, papa ?

— Ça me plaît de vivre comme ça, d'accord ?

— Ça fait beaucoup de tracas, on dirait.

— D'accord, ça fait beaucoup de tracas.

— Grand-papa est de mauvaise humeur ?

— Le complexe de Huey Long de ton grand-père a fini par rendre toute communication avec lui impossible. Je me demande si ce vieux salaud a jamais eu un grain de bon sens. » Skelton pouvait voir son père gesticuler sans raison sous la moustiquaire. « Bah ! je retire ce que j'ai dit. Mais, bon Dieu, il me tue. Si seulement il pouvait vieillir. Mais année après année, il nous tue tous ! C'est inhumain ! »

Jake Roberts était dans le bureau du commissariat. « Hello, p'tit gars », dit-il à Skelton. Il appelait tout le monde « p'tit gars ». Il était assis près du téléphone et du téléscripteur qui lui avaient servi à faire tomber plus d'un délinquant dans ses traquenards. Il opérait toujours en fonction de la « marge », terme qui, dans sa bouche, désignait l'écart entre le motif de l'arrestation et la condamnation finale fondée sur les informations du téléscripteur. Son meilleur coup jusqu'à présent avait été une condamnation pour vol à main armée consécutive à une arrestation pour délit de vagabondage. S'il avait pu obtenir une condamnation pour meurtre à partir d'un ticket de stationnement impayé en truffant le délit de tuyaux recueillis par téléscripteur, il serait mort content. « Le vieux a perdu les pédales », disait l'informaticien.

Skelton suivit Roberts dans l'arrière-salle, dont la cellule était occupée par trois pêcheurs de crevettes fatigués. « On va faire ça dans les règles », dit Roberts en gribouillant une note sur un bloc posé sur le bureau où l'on prenait les empreintes digitales. Il plaça Skelton sous la toise et le photographia avec le Polaroïd. Puis il ouvrit avec sa clef la porte de l'ascenseur et, tandis qu'ils montaient, remit à Skelton sa photo, avec sa mensuration derrière : un mètre quatre-vingts. Ils sortirent de l'ascenseur au second étage, qui donnait sur la gare routière des cars Greyhound. Roberts le laissa devant la première cellule. Dance était là, entièrement seul.

« Qu'est-ce que vous voulez ? demanda-t-il en essayant de faire bonne contenance. Il n'était pas heureux.

— Je viens voir si vous avez besoin de quelque chose.

— Non.

— Comment ça va autrement ?

— C'est moche. Tout se retourne contre moi.

— Bah, ce n'est pas si grave, dit Skelton. Ç'a été une aubaine pour moi en tout cas. Je ne suis pas encore arrivé à réunir assez d'argent liquide pour acheter un skiff.

— Ben maintenant, v's en avez un, de skiff.

— Et comment !

— Sans parler de tous ces bons clients que j'ai mis dix ans à trier d'avec les mauvais que j'ai pas redemandés.

— Je vous en suis reconnaissant.

— Eh bien, on arrangera quelque chose ensemble.

— Entendu.

— Le moteur n'a marché que cent vingt heures. Il devrait vous faire encore deux ans ou plus. » Il eut un petit sourire.

« Vous n'allez pas rester tout ce temps en taule. Vous ne croyez pas que vous êtes un peu pessimiste?

— Que non, dit Nichol Dance. L'officier du port est mort. » Thomas Skelton fut tout étourdi par la nouvelle, comme si on lui annonçait qu'il était appelé sous les drapeaux ou atteint d'un cancer pas nécessairement guérissable.

« Ça ne paraît pas possible que vous l'ayez tué!

— Je ne l'ai pas tué. J'ai juste percé un petit trou et il y a eu une fuite. C'est comme si j'étais inculpé d'un faux meurtre.

— Je ne sais que dire.

— Oh! bon Dieu! Allez-vous-en maintenant. Vous reviendrez me voir un autre jour. »

Skelton s'éloigna.

« A propos du reste, cria Nichol Dance. On arrangera quelque chose.

— Assistance mutuelle », répondit Skelton en hommage à son père.

Marchant sur le quai de William Street à Margaret Street, le long des crevettiers réfugiés dans le port à cause du gros temps, certains avec leur filet jeté en vrac sur le pont et d'autres avec le filet pendant comme un voile à la bôme, avec divers animaux marins échoués dans les plis, Tom Skelton pense : De tous les projets stupides que j'ai pu faire, celui de devenir guide est le plus idiot. Mais non, il ne l'est pas.

On risque, trancha-t-il, de tout corroder à force de s'interroger sur la valeur profonde des choses. Pensons à quelque chose de plus drôle. D'un seul grain de sénevé a jailli le gazouillis d'un violon. Pourquoi le débile défila-t-il à pas de loup devant l'armoire à pharmacie ? Hum. Autour des piles de la jetée, les vagues vertes tourbillonnaient, écumantes, et refluaient sous ses pieds en s'entrechoquant violemment dans l'obscurité caverneuse.

James Davis, un type mince, anguleux, gesticulant, avec des yeux en forme de noix et un teint couleur écorce de bouleau, était le skipper du crevettier *Marquesa*. Il avait été par le passé le gai compagnon et, dans un certain sens, le disciple larvé du père de Skelton.

Tom Skelton et lui se tenaient dans la timonerie du *Marquesa*. James, les pieds sur la table à cartes, regardait dehors par un hublot, absorbé dans ses souvenirs et à demi dérobé à la vue de Skelton par l'ombre des appareils électroniques de navigation et de sonde.

« ...quand ton paternel a eu l'âge de faire son service militaire, il parlait de se faire sauter le gros orteil ou de se rendre à Cuba pour attraper la chtouille. Puis l'Oncle Sam l'a appelé et il est allé à Fort Benning faire ses classes, mais il en est revenu sans tambour ni trompette. » En était revenu, Skelton ne l'ignorait pas, parce que réformé pour cause de maladie mentale après qu'un groupe d'officiers se fut réuni pour chercher ce qui, dans la vie civile, pourrait lui briser les jarrets plus définitivement qu'un passage en conseil de guerre. Pour les gens normaux, même à cette époque, une réforme par mesure disciplinaire ne faisait guère que sanctionner des penchants un peu turbulents. La maladie mentale, en revanche, faisait peur.

Des penchants turbulents, il en avait eu même à l'époque où le grand-père de Skelton, sénateur en Floride, était occupé à créer des concessions lucratives dans tout l'État et à se tailler, à la faveur d'un découpage électoral truqué, un empire qui, malgré toutes les enquêtes menées plus tard à l'échelon fédéral, s'avéra avoir la vie dure. Dans d'innombrables villes et villages de la côte du golfe du Mexique, le grand-père de Skelton, personnage invisible, était respecté comme seul peut l'être un escroc d'un cynisme sans bornes. En fin de compte, divers ramassis de « Juifs de Miami et d'avocats véreux du District of Columbia », que vinrent remplacer plus tard de simples « sympathisants de Castro », grignotèrent le domaine du vieux Skelton et le réduisirent à un petit territoire au sud de Big Pine. Il s'y retrancha, fraudant à droite et à gauche à l'occasion de chaque transaction financière et ce d'une façon des plus paternelles, allant jusqu'à proposer un partage des recettes de tous les jeux de bolita de la ville. Sur quoi un commando de « types à Castro » s'arrangea pour lui faire sauter la moitié du cul avec la vénérable carabine à canon scié. Il y avait eu tentative de meurtre et, avant que quiconque ait eu le loisir de récidiver, le vieil homme abandonna son projet concernant les bolita. Cet incident avait donné lieu à une autre légende encore, suivant laquelle le vieux Skelton s'était taillé en quatrième vitesse derrière le restaurant du Quatre-Juillet, la carabine aboyant à ses trousses dans la nuit humide tandis qu'il cavalait jusqu'à Monroe General, avec une de ses fesses encore dans la rue.

« ...ton père, pendant ce temps, essayait de revenir à la normale en écoutant sa musique classique sur le phono. Mais avec un père comme le sien, c'était plus fort que lui : il passa quelques fusils en contrebande à Cuba, il cravacha le commandant de la base navale qui

avait appelé au téléphone sa petite amie. Il pêchait avec
moi. Il passait tout son temps à étudier sans motif et
sortait presque tous les soirs pour se soûler à en perdre
la raison...

— Cette petite amie, c'était ma mère?
— Oui.
— Dites-moi comment elle était.
— Je te l'ai déjà dit des milliers de fois. Un autre
jour... » Jamais Skelton n'obtenait de réponse à cette
question.

Ils passaient le temps dans la timonerie, ni l'un ni
l'autre ne pouvant partir à la pêche à cause de la bour-
rasque qui faisait vibrer le gréement au-dessus d'eux.

« Qu'est-ce que vous avez comme moteur dans votre
rafiot? » demanda Skelton. Pour lui, parler boutique
était toujours exaltant.

« Des diesels de Detroit avec un inverseur et un
réducteur Capitol et un auxiliaire Lister.

— C'est Lantana?
— Non Monsieur. Un Desco qui vient de St. Augustine.
Je l'ai acheté à la veuve de David Rawlin l'année où il
est mort. Il a fallu que je le répare.

— Vous connaissez ce guide, Nichol Dance?
— J'en ai entendu parler.
— Il a tué un homme hier. »

James leva les yeux vers les nuages qui filaient. « Possible », dit-il.

Tandis qu'il déambulait vers le dock, Skelton pensait
à Nichol Dance. Il l'entendait encore dire : « A propos
du reste, on arrangera quelque chose. » Le vague de sa
proposition le troublait.

Car Skelton, comme tant d'entre nous, avait réelle-
ment essayé de ne pas sombrer dans la folie. Fort lucide
et particulièrement dépourvu d'ambitions utopiques, il

s'était bizarrement laissé aller de temps à autre à des manifestations qui n'avaient rien de très humain. Peut-être était-ce une façon d'exprimer son sens de l'humour. Bref, il lui était arrivé d'aboyer.

Au début, il l'avait fait par inadvertance. Ou pour plaisanter. Puis, à un moment donné, il avait refréné cette envie d'aboyer comme si elle était l'incarnation de sa terreur : terreur de découvrir qu'il n'avait rien d'humain et de se retrouver un beau jour à côté d'une poubelle à moitié vide, en train de hurler à la lune.

« Vous êtes en train de hurler à la lune, lui avait dit un jour un inconnu qui démarrait dans sa Lagonda. Là, à l'instant. »

« Oui, dit Carter en entassant le balaou congelé dans un coin de la glacière à appâts, je suis vraiment chagriné de voir Nichol dans un pareil pétrin. Mais vu ses antécédents, je dirais que son compte est bon. » Pourtant, il avait le sourire.

« Ça ne semble pas juste, dit Skelton.

— Mais si. Nichol est un bon copain. Mais, franchement, on ne saute pas sur les gens pour les assommer à coups de gaffe.

— Je suppose...

— Vous supposez ?

— Je suppose que non. »

Quelques instants après, Carter dit : « Qu'est-ce que c'était ?

— Quoi ?

— J'ai entendu des aboiements. »

Jake Roberts donna à Skelton la clef de l'ascenseur. « Il s'est fait coincer sur toute la ligne, dit-il, du manche à l'hameçon. » Lui aussi avait le sourire.

Nichol Dance dormait.

« Nichol?

— Tiens, le goôsse, dit Dance qui se leva de bonne grâce pour s'approcher des barreaux. Vous connaissez la nouvelle?

— Je crois que oui.

— Je vais faire jouer mes relations pour entrer dans une équipe de forçats. »

Skelton ne savait trop s'il devait rire ou non.

« Vous... vous ne vous faites pas trop de mauvais sang? » Nichol n'avait pas l'air inquiet.

« Sûr que je m'en fais. A propos de tas de choses. Surtout quand je pense que je ne pourrai tirer mon prochain coup que dans vingt ans. Ça, vraiment, ça me navre. Je suis le genre de type à baiser un fagot si je pensais qu'il peut y avoir un serpent dedans... Qu'est-ce qui vous fait rire?

— Rien.

— Vous avez entendu parler de Charlie Starkweather?

— Oui.

— Charlie Starkweather, c'est ce qui arrive quand on bouscule quelqu'un un peu trop. On se moquait de lui quand il bégayait. On le traitait de rouquin hargneux et cagneux. Il portait des bottes à la Tony Lama, il traînait dans les boutiques de fripiers. Il voulait épouser une hôtesse et, comme on dit, se ranger. Il a assassiné onze personnes près de Lincoln, dans le Nebraska, et possédait une Mercedes de 49 surbaissée, avec un capot arrondi et des phares à la française.

— Je ne vois pas le rapport, dit Skelton, ahuri.

— Ça fait partie du tableau, quoi! Charlie Starkweather était une sorte d'artiste. Il faisait des dessins où il se représentait en train de commettre ses meurtres. Paraît qu'il arrosait les victimes avec un tuyau et qu'elles étaient ratatinées par les balles...

— C'est... pas banal.

— Ben, il y allait pas de main morte. Une vie rudement pittoresque quand même. Il y a qu'une chose que
je lui reproche : il n'avait aucun sens de l'humour. On
ne devrait jamais tuer si c'est pas drôle.

— Je n'aime pas cette idée.

— C'est parce que vous ne la comprenez pas.

— Sans doute. En tout cas, Nichol, je voulais vous voir
avant votre départ pour la prison de Raiford et, euh,
au moins vous dire merci de me céder le bateau pendant
votre absence.

— Oh! ravi de vous aider, ravi de vous aider! » Il
avait une main dans la poche et, de l'autre, s'agrippait à
un barreau de la cellule. « On arrangera quelque chose.
Et dites à Jake, s'il vous plaît, que je veux de la salade
ce soir. »

La tempête cessa, le ciel s'effilocha en nuages pom-
melés, s'éclaircit et il se mit à faire chaud. Skelton
devait guider le lendemain matin. Pour le moment,
il se trouvait dans Duval Street. Le train local roula
lentement devant Sloppy Joe's et une foule de nigauds
excités poussèrent des hourras quand la serveuse agita
la cloche sur leur passage. Dans la vitrine de la plomberie Gomez, la crèche de Noël était disposée sur
des palmes : Marie, Joseph et l'Enfant Jésus étaient
entièrement fabriqués avec des accessoires de plomberie.
La tête de la Sainte Vierge Marie mère de Dieu, c'était
un robinet en chrome. L'Enfant Jésus, un assemblage
élaboré avec amour de pièces de tuyauterie dans une
crèche en carton-pâte. Une foi naïve, pensa Skelton sans
complaisance, mais c'est la mienne.

Il mangea un bol de *Fabada asturiana* au Cacique,
puis avala un double Jim en face, à l'Anchor. Des marins
étrangers jouaient à saute-mouton dans Duval Street,

criant et gênant la circulation, jusqu'à ce qu'un gros sergent de police noir les eût dispersés dans les petites rues avoisinantes. Le soleil se coucha et tout un côté de l'Hôtel La Concha s'illumina.

Skelton flâna jusqu'à Eaton et s'assit sur un des bancs offerts à la ville par le maire Papy, alluma un cigare Canary Island, salua de la main des personnes de sa connaissance et pensa avec une certaine anxiété à la sortie du lendemain. Sur le carnet de Nichol Dance, il lut : « Mr. et Mrs. Robert Rudleigh, Rumson, Connecticut. » Bien.

Il chercha très sérieusement à se représenter qui pouvaient être Mr. et Mrs. Robert Rudleigh. Il imaginait une demeure en brique d'où les soldats de la guerre d'Indépendance avaient fait feu sur les Anglais, une demeure dont les linteaux gardaient encore des traces de balles, couverte de vigne vierge, et dont tous les soirs, dans le crépuscule d'hiver, Mr. Robert Rudleigh franchissait la porte, vêtu d'un pardessus gris et porteur d'un énorme journal. « Chérie, dirait-il à Mrs. Rudleigh, il est temps que nous allions faire un peu de sport. » Alors les Rudleigh s'en vont à New York. Ils se rendent dans un grand magasin cossu, aux murs décorés de portraits de Théodore Roosevelt et de têtes de tigres empaillées. Une lesbienne bien stylée leur fait voir des « panoplies tropicales » comprenant une moustiquaire, une ligne pour pêcher la banane de mer, un casque colonial et un préservatif, le tout fixé sur un grand carton orné d'une « scène des tropiques », bien protégé par une enveloppe de cellophane et présenté sous un éclairage ultraviolet aseptisant. La devise de Rudleigh est : « Je paie, je prends. » La grande cité de New York comme la petite ville de Rumson respectent ce qu'il est : un prodige en pardessus gris qui parfois s'enfonce dans la neige jusqu'au cou pour aller quérir un énorme journal. Et qui ne rompt qu'occasionnellement une impitoyable routine de travail pour aller faire du sport dans les tropiques.

Skelton tira la sonnette de la grille, aujourd'hui verrouillée, ce qui n'était pas le cas dans son enfance. Aujourd'hui, un fil barbelé surmontait la palissade de bois. Quand il était petit, il s'asseyait dans le coin en friche de l'enclos et écoutait les caméléons qui remuaient dans l'herbe haute, se coulait dans cette herbe et regardait les lézards fuir, verts et craintifs, dans la lumière zébrée du soleil.

Étendu sur le dos, il avait vu une araignée descendre les douze mètres d'un palmier d'Alexandrie, petit à petit, pendant des heures. Si bien qu'à force de la contempler il l'avait vu se dilater aux dimensions du monde et que le ciel lui-même semblait rayonner de son corps. L'insecte, malignement en forme de banane, avait atterri sur son visage et disparu.

« Entre, mais d'abord jette ton cigare.

— Je ne peux rester qu'une minute. Je suis venu simplement dire un petit bonjour en passant. »

Il s'approcha de la moustiquaire.

« 'soir, papa.

— Tom.

— Qu'est-ce que tu fais?

— Je lis Shakespeare. »

Skelton en était venu à associer les arts au spectacle de son père terré dans son lit.

« J'ai aussi mon violon avec moi. »

Skelton ne pouvait pas distinguer grand-chose derrière la moustiquaire. Cependant, après quelques bruits d'étoffe, une phrase de Sibelius s'éleva pour se changer imperceptiblement en l'air des *Lovesick Blues* de Hank Williams. Skelton écouta pendant un long moment ces pitoyables refrains de hillbilly music, se rappelant comment, bien des années auparavant, son père, assis dans son fauteuil cubain sous la véranda, jouait pour ses copains, les pêcheurs, les oisifs et les cinglés. La musique s'arrêta.

« Veuillez me faire passer vos provisions, Madame, pour que je les range. » Il prit le panier d'osier que lui tendait Mrs. Rudleigh. Puis le thermos. « De l'eau, j'en ai en quantité, dit-il.

— Ceci n'est pas de l'eau.

— Qu'est-ce que c'est?

— Du Gibsons [1].

— Alors je vais le mettre dans le réfrigérateur...

— Nous l'avons mis dans un thermos, dit Rudleigh, pour ne pas avoir à le mettre dans un réfrigérateur. Nous aimons avoir notre cocktail à portée de la main. Au cas où nous en aurions besoin, vous savez, rapido presto. »

Tom Skelton le regarda. La plupart des gens, quand ils sourient, découvrent les dents de la mâchoire supérieure. Quand Rudleigh souriait, il découvrait les dents de la mâchoire inférieure.

« Alors, gardez le thermos sur vos genoux, dit Skelton. S'il se met à rouler quand nous franchirons les bancs, je risque de l'envoyer par-dessus bord.

— Un écologiste! dit Mrs. Rudleigh.

— Êtes-vous certain que Nicol ne peut faire appel, capitaine? demanda Rudleigh.

— Oui, certain », répondit Skelton.

Mrs. Rudleigh étendit une main qu'elle recourba de façon à bien montrer tous ses ongles. Elle cherchait une réplique magistrale, mais en vain. Alors elle se tut.

---

1. Cocktail à base de gin et de vermouth. *(N. d. T.)*

Skelton savait par d'autres guides qu'il ne pouvait pas laisser ses clients commander à sa place. Mais il ne s'attendait pas à cela. A présent, tous trois se regardaient en chiens de faïence.

Mrs. Rudleigh embarqua. Skelton la fit asseoir à l'avant. Rudleigh suivit, en faisant craquer ses chaussures de pont reluisantes, et s'installa à l'arrière, pivotant dans le fauteuil avec l'air préoccupé d'un chef d'entreprise.

« Capitaine », commença-t-il. Les hommes comme Rudleigh croient en la hiérarchie. Si un garçon de huit ans avait piloté le bateau, il lui aurait donné du « capitaine » sans la moindre ironie. C'était tout à l'honneur de sa classe. « Capitaine, allons-nous pêcher le tarpon? » Mrs. Rudleigh étalait de l'oxyde de zinc sur son maigre nez et sur l'exact pourtour de ses pommettes saillantes. C'était une jolie femme menue de quarante ans qui avait une propension visible aux crises d'hystérie, aux lents bronzages et aux gifles.

« Oui, nous avons une bonne marée pour pêcher la banane de mer.

— C'est que Mrs. Rudleigh et moi avons beaucoup pratiqué cette pêche au Yucatan. Nous nous demandions si ce ne serait pas trop risqué de pêcher le scombre... »

Skelton savait qu'on le mettait au pied du mur. Trouver du scombre, le gros pompano, était l'estampille du guide, mais la marée ne s'y prêtait pas particulièrement. « Je peux trouver du scombre », dit-il cependant en réponse à une phrase que Rudleigh avait commencée par le mot « Capitaine ».

Sur ces entrefaites, Carter arriva. Il connaissait les Rudleigh et ils se saluèrent. « Vous êtes en de bonnes mains, leur dit-il, en montrant Skelton du menton. Ce gars-là est un véritable faucon de la pêche. » Son menton retourna à la verticale.

« Où sont vos clients, Cart? demanda Skelton pour changer de sujet.

— Ils ont fait la bringue, je suppose. Le type a dit qu'il arriverait en retard. Ma journée sera plus courte. »

Skelton mit le moteur en marche. Il le laissa tourner au ralenti pendant quelques minutes puis largua les amarres. Le chenal qui conduisait vers le large se déroulait paresseusement, surface plombée, vernissée comme un dallage.

« Avec cette marée, montante, vous devriez trouver quelques tarpons aux Snipes », dit Carter. Skelton le regarda fixement.

« On va pêcher le scombre, Cart.

— Ah! vraiment! Le scombre, hein?

— Que me conseillez-vous? Boca Chica?

— Votre avis vaut le mien. Mais, ouais, d'accord, va pour Boca Chica. »

Skelton avança au ralenti sur le vernis glauque du chenal jusqu'à ce qu'il en ait franchi la sortie, puis poussa le moteur à 5 000 tours/minute et décéléra pour planer à une allure tranquille sur le léger ressac. Par-dessus son épaule, il cria à Rudleigh : « On va à Boca Chica. Je pense que c'est là qu'on a le plus de chances de trouver du scombre avec cette marée.

— Très bien, très bien.

— Ça m'ennuie un petit peu de vous emmener là-bas parce que c'est dans la zone d'atterrissage.

— Pourvu que ça ne gêne pas le poisson, ça ne me gêne pas. »

Skelton vira de bord pour prendre le chenal de Cow Key, passa devant l'hôpital de la Marine où des garçons se hâtaient de pêcher avant de prendre leur service. Puis il sortit du chenal en longeant les palétuviers, laissant à sa gauche le grand pavillon blanc du cinéma en plein air, flanqué de son champ de haut-parleurs, puis,

après un brusque tournant, il déboucha sur une étendue de bleu Atlantique. Il rasa la grève, restant à l'intérieur de la barrière formée par les dangereux récifs.
L'œil à l'affût des bacs à glace immergés, il mit le cap
sur Boca Chica où il stoppa net.

La journée était claire et lumineuse à l'exception d'un
grain à l'ouest, noir, relié à l'océan par des hachures de
pluie. Le vaste moteur alternatif de la planète ressemble
à une méduse, pensa-t-il.

« Tenez-vous prêt maintenant, Monsieur, je vais pousser le bateau à la perche le long des rochers et voir si on
peut trouver quelque chose. » Il fit glisser la perche hors
des taquets et alla se poster à l'avant. Rudleigh se tenait
prêt à la poupe, derrière le moteur incliné. Deux ou
trois coups de perche suffirent à faire repartir le bateau.
Un moment après, ils glissaient au-dessus du sable,
des coraux, des gorgones, des lichens et des prairies
d'herbe à tortue. De petits lamentins, des sprats, des alevins de toute sorte fuyaient à leur approche, happés par
la lumière. De gros crabes battaient en retraite avec une
belliqueuse bêtise digne du Pentagone. Skelton main-
tenait l'embarcation dans le courant à la limite du banc
où venaient déferler les vagues, guettant les poissons qui
arrivaient avec la marée.

Quelques petits requins se présentèrent d'abord,
légers, l'œil mordoré, croisant systématiquement pour
repérer une proie en difficulté. Le premier avion militaire apparut dans le ciel, à une altitude effroyablement
basse. Un vaste appareil à ailes delta nanti de tuyères
d'échappement stridentes et d'ailerons souples et nerveux. Il passa si près qu'ils purent voir les vérins hydrau-
liques étinceler derrière les ailerons. De petites rockets
étaient agglutinées sous ses ailes comme des œufs d'insecte. L'appareil approcha, vira délicatement sur l'aile
et le pilote jeta un regard vers la barque. Sa tête n'était

pas plus grosse qu'un petit oignon. Quand l'avion fut
passé, l'onde de choc déferla vers eux et l'univers limpide, parfait, du banc se ternit, s'effaça. Pour ne réap-
paraître que quelques instants après, lentement. Le
rugissement de dragon des moteurs décrut et le double
épi de feu s'estompa en direction de l'aérodrome.

« Il doit falloir un gars rudement dégourdi pour
manipuler une machine comme ça, fit remarquer
Mrs. Rudleigh.

— Question de balloches plus que de méninges, dit
Rudleigh.

— C'est encore mieux, répliqua-t-elle en souriant.

— Peuh! N'importe quel âne en a autant. »

Mrs. Rudleigh lança quelque chose à la tête de son
époux qui ne broncha pas, raide à son poste comme un
affût de canon.

Skelton tenait tant à ce que sa première journée de
guide soit réussie qu'il ressentait avec une certaine
désolation la laideur des avions qui passaient maintenant à des intervalles de plus en plus rapprochés,
grondant et éparpillant leurs brumes volatiles sur le
marigot.

Les Rudleigh avaient débouché le thermos et en absor-
baient le contenu au moment précis où la chaleur du
jour se faisait plus intense. Skelton poussait la barque
parmi de petits poissons légers, bondissants. Puis parmi
deux bancs de tarpons qui, dans leur hâte, semblaient
tracer un sillage devant elles. Rudleigh les aperçut
trop tard et rata ses lancers, jetant chaque fois des
regards éloquents à sa femme.

« Concentre-toi, dit-elle.

— C'est ce que je fais.

— Concentre-toi davantage alors, chéri.

— Je te l'ai dit : c'est ce que je fais. »

Les échassiers qui se trouvaient sur le banc au début

de la marée étaient maintenant envahis par le flot et ils s'envolèrent en direction du nord-ouest pour attraper la marée du golfe du Mexique. Skelton se rendit compte qu'il avait plus ou moins perdu l'avantage.

« Ça traîne un peu, capitaine, dit Rudleigh.

— C'est ce que je me disais, répondit Skelton, le cœur glacé. Nous allons tenter notre chance ailleurs. »

L'instant d'après, il faisait route vers Saddlebunch, où il arriva à temps pour attraper la marée qui déferlait sur le vaste banc de sable. A peine avait-il équilibré la barque que les tarpons se mirent à filer au-dessus du banc. Mrs. Rudleigh à son tour lançait la ligne, faisant fuir les poissons. A la seconde fois, Rudleigh lui arracha la canne des mains.

« Va t'asseoir ! »

Rigide, il se tint prêt pour les prochains arrivants. Skelton l'aurait volontiers aidé mais il savait d'avance que cela ne ferait qu'aggraver les choses. Tous ses efforts, il le sentait, venaient se briser contre le contenu du thermos.

« Espèce de con », cria Mrs. Rudleigh à son époux. Il ne parut pas l'entendre, vaguement en proie à des affres lombaires qui le pliaient en deux.

« Je sais cent fois mieux pêcher que toi, dame abeille, répliqua-t-il au bout d'un moment. Et ça ne date pas d'aujourd'hui.

— Ah ! oui. Au Pérou par exemple ? A Cabo Blanco ?

— Tu me jettes toujours Cabo Blanco à la figure mais jamais, je dis bien jamais, tu ne souffles mot de Tierra del Fuego.

— Et Pinas Bay, au Panama ?

— Tais-toi.

— Raúl disait, si je me souviens bien, qu'à côté de la señora, le señor faisait l'effet d'un vrai bousilleur. »

Un petit tarpon solitaire passa à côté de la barque. Rudleigh le fit fuir en lançant la ligne juste sous son nez. « Enfoiré, cria-t-il.

— C'est comme ça que tu as raté les marlins. Oui, c'est exactement comme ça que tu as manqué ces makaires à Rancho Buena Vista. »

Rudleigh fit volte-face et lui mit la pointe de la gaule sous la gorge. « Je t'avertis! dit-il.

— Il a piqué une crise au club Pez Maya, quand nous étions au Yucatan, dit Mrs. Rudleigh à Skelton.

— Oui, Madame. Je vois.

— Hé, capitaine!

— Je suis là, Monsieur.

— Je croyais qu'on devait pêcher le scombre.

— Je suis en train d'en chercher. Je vous ai dit que nous n'avions qu'une chance sur mille d'en trouver.

— Capitaine, le scombre, ça me connaît. J'en ai vu aux Bahamas, au Yucatan et à Costa Rica, sans parler des grandes pêches du Belize, dans le Honduras britannique. Je sais que ce n'est pas facile.

— Peut-être, dit Skelton, votre stupéfiante connaissance des lieux de pêche vous permettra-t-elle de nous dire où nous devrions être en ce moment même.

— Capitaine, je ne saurais le présumer. »

Une barque émergea de la ligne du récif, soulevant dans le soleil des nappes d'eau étincelantes.

« Est-ce que vous connaissez l'horaire des marées pour aujourd'hui? demanda Skelton.

— Non.

— Dans quelle direction se trouve le golfe du Mexique? »

Rudleigh pointa tout de travers. Skelton aurait voulu être chez lui à lire Proudhon, à regarder les poivrots ou à forniquer.

« N'est-ce pas un scombre? » demanda Mrs. Rudleigh. L'arête noire d'un gros scombre émergea de la surface, juste hors de portée de la ligne. A n'y pas croire. Rudleigh se rua à son poste. Skelton ôta la perche du sable, se mit à avancer doucement vers le poisson et s'arrêta. Plus rien. Un long moment s'écoula. De nouveau l'arête noire apparut.

« Lancez. »

Rudleigh lança la ligne à douze mètres au-delà du scombre. Aucun espoir de la ramener pour lancer de nouveau. Mais, par une chance absolument imméritée, le poisson modifia sa trajectoire pour se diriger vers l'appât. Rudleigh et sa femme échangèrent des regards.

« Gardez l'œil sur le poisson, s'il vous plaît. » Skelton était accablé par le caractère parfaitement injuste de ce qui se passait. Bientôt le gros poisson suivit de nouveau la barque.

« Ferrez-le. »

Rudleigh leva la canne et le poisson mordit. Skelton maniait dur la perche, suivant le scombre qui, pour échapper à la traction de la ligne, filait vers les profondeurs. La barque qui était passée un peu plus tôt repassa, cette fois, dans l'autre sens. Skelton se demanda qui ce pouvait être.

« Bon Dieu, capitaine, je me demande si je vais pouvoir en venir à bout! Je savais que le scombre était costaud. Mais celui-là fonce comme un nègre qui a le feu aux fesses!

— Je suis encore en admiration devant ton lancer, chéri. »

Skelton avançait, l'œil fixé sur l'arc tendu que formait la gaule dont la ligne fendait l'eau avec précision.

« C'est merveilleux comme la ligne file avec ce moulinet! Cent billets, ça paraissait salé tout à l'heure, mais quand on est sur la brèche comme maintenant, c'est la meilleure affaire qu'on puisse faire en Amérique! »

Skelton poussait de toutes ses forces pour suivre le poisson. Et c'était difficile sur ce fond dur où la perche avait tendance à se dérober sous lui.

Son espoir de réussir sa première journée de guide était fortement changé par l'aubaine imméritée de Rudleigh. Et maintenant, la noblesse du combat que livrait le scombre venait encore diminuer son plaisir.

Lorsqu'ils eurent franchi la lisière du banc, le poisson fila le long du récif en décrivant de majestueux zigzags, traînant la ligne après lui au-dessus des coraux. « Bon Dieu de bon Dieu de bon Dieu, dit Rudleigh, ce bougre-là est plus costaud que moi! » Skelton redoubla d'efforts et parvint à rattraper le poisson qui frottait désespérément l'hameçon contre les coraux du fond. En apercevant le bateau, le scombre, pris de terreur, s'élança à nouveau, faisant se dérouler un grand morceau de ligne. Un poisson vraiment noble, pensa Skelton qui l'imaginait, mû par l'attraction de la lune et de la marée, sortir de quelque épave gisant au fond de l'océan, voguer sur l'invisible crête des vagues montantes, manger et nager, poussé par la force de l'instinct. Et pourquoi? Pour tomber entre les mains d'un crétin du Connecticut.

Le combat se poursuivit sans grand changement pendant encore une heure, le plus souvent à l'extérieur du récif, là où l'eau verte repose sur un fond de sable : un terrain sûr pour lutter contre le poisson. Rudleigh avait trempé sa tenue de safari kaki. Et, de temps en temps, Mrs. Rudleigh lui conseillait de « se concentrer ». A chacune de ses interventions, il se retournait et la dévisageait, les tendons de son cou saillant comme des cordes et la pupille rétrécie. Skelton avait les bras endoloris à force de manier la perche. Il aurait pu mettre le moteur en marche à l'extérieur du récif mais il craignait

que, par la faute de Rudleigh, la ligne ne se prenne dans
l'hélice et l'expérience lui avait d'autre part appris
qu'un gros poisson restait à distance s'il entendait le
bruit d'un moteur.

Dès que le scombre commença à montrer des signes
de fatigue, Skelton ordonna à Mrs. Rudleigh de
s'asseoir. Puis il amena le gros filet sur le pont à côté
de lui. Il espérait pouvoir convaincre Rudleigh de relâcher cette prise si peu méritée, non seulement pour
cette raison, mais parce que le poisson s'était défendu
avec un courage immense. Non, dut-il s'avouer, Rudleigh ne le lâcherait pas.

Maintenant le scombre aurait dû être épuisé. Inflé-
chissant à nouveau sa trajectoire en direction du rivage,
il amorça au contraire une autre longue course de
plus en plus accélérée qui faisait plonger la ligne
toujours plus profondément dans la pâle nappe d'eau.
Et, à sa grande terreur, Skelton se trouva entraîné à sa
poursuite à travers les hauts-fonds, se penchant de temps
en temps pour libérer la ligne qui s'accrochait aux gorgones. Parmi les tertres et les menus îlots herbus de
Saddlebunch, au milieu d'une prolifération végétale de
plus en plus dense, ils avançaient dans une crique qui
allait en se rétrécissant, refermant sur eux de toutes
parts ses palétuviers couverts de guano, et qui finalement les empêcha d'aller plus loin. La ligne n'en continuait pas moins à filer.

« Capitaine, comprenez qu'il est absolument indispensable que j'attrape ce poisson. Il fait le double d'un spécimen du Honduras. »

Skelton ne répondit pas, l'œil toujours sur la ligne.
Il la vit se dérouler plus lentement sur le tambour du
moulinet avant de se perdre en ondulant dans la crique
ombreuse. Puis s'arrêter. Il y avait de fortes chances
pour que l'animal désespéré fût à bout.

« Attendez-moi. »

Il sauta de la barque et, laissant courir doucement la ligne entre ses doigts, s'engagea dans la crique. Les moustiques eurent tôt fait de le repérer et restèrent suspendus en un halo pâle autour de sa tête. Il pataugeait sans s'arrêter, faisant s'envoler au-dessus de lui les hérons dissimulés dans les palétuviers. A un certain moment, comme il franchissait un minuscule bras d'eau, il se trouva barrer le passage à un de ces oiseaux et celui-ci, écartant très légèrement ses ailes rigides, le fixa avec colère. Parmi les ombres vertes, le héron était d'une blancheur pure, rayonnante.

Skelton fit halte un instant pour le contempler. Il n'entendait que le lent écoulement mélodieux de l'eau sur les racines des palétuviers et le murmure assourdi des cris d'oiseaux, plus liquides dans ces bas-fonds que la mer elle-même. Puis il s'éloigna, en suivant toujours la ligne. De temps en temps, il la sentait encore frémir entre ses doigts. Mais il était certain désormais que le scombre ne pouvait aller plus loin. Si son calcul, d'après le volume de fil qui s'était déroulé sur le moulinet de Rudleigh, était juste, il ne lui restait qu'une trentaine de mètres à parcourir.

Tandis qu'il avançait, il se sentait descendre dans l'univers du scombre. Dans l'eau qui lui arrivait à mi-genoux, les petits vivaneaux des mangroves, les angelots et les alevins de barracudas fuyaient devant lui, créatures compactes, précises, d'une mobilité parfaite. Le brillant firmament bleu se réduisait à une étroite bande irrégulière tout là-haut et, plus que du ciel, la lumière ondoyante se colorait des reflets de la mer et des ombres du marigot. Skelton s'arrêta et suivit du regard la ligne dans la direction d'où il était venu. Les Rudleigh étaient à l'autre bout, infiniment loin.

Il essayait de concentrer son esprit sur la besogne qu'il

devait accomplir. Le problème, se disait-il, est de se
rendre du point A au point B. Mais chaque souffle d'air
humide, chargé d'effluves marins, et le perpétuel écoulement de l'eau à travers les racines et les ombres fugaces,
emplissant ses yeux et ses oreilles, distrayaient son attention. Chaque héron qui s'élançait comme une flèche
hors de son abri touffu avant de disparaître en tour-
noyant dans les airs l'éloignait de sa tâche. Dans les bras
de mer, des rayons de lumière illuminaient des colonnes
d'insectes moirés, tourbillonnants.

Il était tout près maintenant. Il laissa filer la ligne afin
d'éviter que, si son apparition au fond de ce cul-de-sac
terrifiait le scombre, la tension ne la brise. Le boyau
entre les palétuviers s'élargissait peu à peu. Il s'arrêta.

Un lagon limpide, entouré de verdure : le poisson
gisait épuisé dans son eau calme, un peu affaissé et
incapable de se redresser. Il projetait une délicate
ombre circulaire sur le sable du fond. A l'approche de
Skelton, il ne fit aucun effort pour s'échapper. Au
contraire, se couchant presque sur le côté, il le regarda
avancer d'un œil curieux, impavide, qui acheva d'ôter
à Skelton tout courage. Sur ses flancs larges, d'une
pureté virginale, se jouait une pâle clarté lunaire. On
aurait dit un fragment ovale du ciel, mais animé et atten-
tif, intelligent comme la marée.

D'une main ferme, Skelton le saisit par la base de la
queue et le remit doucement d'aplomb. Puis, enfonçant
les doigts dans sa bouche, il retira l'hameçon de l'oper-
cule cartilagineux. Il remarqua que la ligne, soudain
détachée, restait lâche : Rudleigh n'avait même pas le
bon sens de la maintenir tendue.

En passant une main sous les nageoires pectorales du
poisson et en le tenant de l'autre par la queue, il put lui
imprimer un mouvement de va-et-vient dans l'eau pour
le ranimer. La première fois qu'il essaya de le lâcher, le

poisson bascula sur son flanc, le fixant toujours de son
œil égaré. Il le remit d'aplomb et continua à le mouvoir
doucement dans l'eau. Et cette fois, quand il le laissa
aller, le scombre resta droit, cherchant à garder son
équilibre, le miroir de ses flancs reflétant à nouveau le
sable du lagon. Skelton l'observa un long moment, jusqu'à ce qu'il voie ses ouïes animées à nouveau d'une palpitation régulière.

Puis, précautionneusement, de peur de l'effrayer, il
s'enfonça à reculons dans le vert boyau de la crique et
se retourna pour prendre le chemin de la barque. Rudleigh avait perdu son scombre.

La ligne traînait sur le sable. Pourquoi cet imbécile ne
la ramenait-il pas au moins? L'irritation fit retrouver à
Skelton son état normal. Il avançait péniblement dans la
crique, marchant cette fois contre la marée. Enfin, il
regagna le bateau.

Il était vide.

La recherche des Rudleigh fut longue et épuisante. La
seule chose que pouvait imaginer Tom Skelton, c'est
qu'ils étaient partis ramasser des coquillages et que, surpris par la marée dans les palétuviers, ils n'avaient pu
regagner la barque. A cause des variations de niveau, il
lui était impossible d'utiliser le moteur et il dut continuer à avancer à la perche parmi les petits îlots. Son
exploration fut des plus minutieuses. Et quand il l'eut
achevée, force lui fut d'abandonner sa première suppo-
sition. Son esprit se mit alors à échafauder des hypothèses plus horrifiantes les unes que les autres... des
cadavres gonflés d'eau, enchevêtrés aux tiges de coraux
type cerveau, par exemple. Papa et maman Rudleigh
gisant, les yeux révulsés, au fond de l'océan.

Le soleil se couchait. Et à l'ouest, il pouvait distinguer
les feux d'atterrissage des avions de la marine dans le

crépuscule. A bout de ressources, il décida de rentrer
pour prévenir les gardes-côtes. Il fit démarrer le moteur
et mit le cap sur Key West. L'un après l'autre, les avions
militaires regagnaient l'aérodrome, traçant des sillages
lumineux.

Ses mains étaient couvertes d'ampoules et lui faisaient
mal au contact de la barre à roue. Il vira pour prendre
la mer par l'arrière, à pleins gaz, et le skiff se cabrait
violemment quand l'étrave touchait le fond, faisant
tourner brusquement la barre sous ses mains doulou-
reuses.

Il amena le bateau à quai, l'amarra en hâte. C'était la
fin de sa première journée professionnelle de guide. Il
n'avait pas de trophées à envoyer chez le taxidermiste
de Miami. Il avait perdu à la fois le poisson et ses clients.

Il se précipita dans la remise à appâts. Myron
Moorhen, le comptable, était à son bureau, penché sur
de longues feuilles jaunes à la lueur d'une lampe orien-
table. « Cart a dit que vous alliez le rejoindre en face le
plus tôt possible. Vous le trouverez dans la salle du bar.

— J'ai un problème...

— Justement. »

Skelton le fixa un long moment, puis se dirigea vers
Roosevelt Boulevard. La nuit était tiède, annonciatrice
de pluie, et sur la chaussée, tandis qu'il attendait de
pouvoir traverser, les phares répandaient une lueur
trouble, jaunâtre. Il passa en courant entre les automobiles, parmi de brusques coups de frein, et entra au
Bécasseau, s'arrêtant pour se repérer dans la pénombre
climatisée du vestibule.

Le bar se trouvait en face de lui, cinq rangées de bouteilles alignées contre une glace surmontée d'une rampe
de néon. Et peut-être une douzaine de personnes assises
au comptoir. Au-delà du bar, il y avait les toilettes, indi-
quées, l'une par une silhouette de ballerine et l'autre

par une canne et un chapeau haut de forme. Au juke-
box on entendait Johnny Mathis qui chantait comme
s'il avait avalé un cordon intra-utérin.

Des toilettes messieurs sortit Nichol Dance. Il se dirigea d'une allure mal assurée vers le bar où il rejoignit
Cart, les Rudleigh et Roy, l'officier du port, dont les
pansements enflaient encore l'énorme estomac.

Tom Skelton repassa dans son esprit les événements
de la journée. Il se rappela la barque qui avait croisé au
large du récif dans l'après-midi. Ce devait être Cart et
Nichol. Et avant cela, dans les palétuviers, lors de la
énième tentative de suicide de Nichol, cette conversation à propos de l'encombrement de la profession qui,
il s'en rendait compte maintenant, était dirigée contre
lui. Roy, l'officier du port, n'était pas mort, Nichol
n'était pas allé à la prison de Raiford. Et Tom Skelton,
manifestement, n'était plus guide.

Rudleigh, l'apercevant sur le seuil, leva son verre de
cocktail pour le saluer.

Skelton fit rapidement demi-tour et disparut dans
l'entrée. Il s'appuya un moment contre le distributeur
de cigarettes, contemplant l'avenue. Il faisait noir, la
pluie avait déplié autour de la lune une immense corolle.
Son esprit paralysé ne laissait pénétrer que le plus ténu
courant d'informations, à toutes petites doses. Sur la
colline enjambée par la chaussée luisante, les phares
jaunâtres montaient et descendaient vers lui au sortir
d'un cañon de petites entreprises inutiles et de chaînes
monstrueuses. Quand on est sans ressources dans le
pays du Tout-se-vend, il y a toujours des monuments
d'immondices pour reposer l'esprit. Il regarda ses
mains.

La chaleur embrasait sa nuque et lui montait au cerveau. Une serveuse en retard entra en courant dans un
imperméable mouillé, la tiédeur de la nuit bousculant

l'air climatisé. Puis de la cuisine sortit une silhouette indistincte derrière un plateau chargé de gelées tremblantes. Soudain, l'esprit de Skelton s'emplit de violence. Il se domina, se pencha vers l'appareil à cigarettes, effleurant les boutons du doigt : Kool, Lucky, Silvathin, Marlborough, et réfléchit.

Cette fois, pour traverser l'avenue, c'est avec la plus grande patience qu'il attendit que la circulation s'arrête. La pluie tombait, légère, chaude, verticale dans l'air immobile, elle tombait sur lui, sur l'océan et sur les bateaux qu'elle faisait briller dans la baie. Les toits de tôle des hangars d'armement luisaient comme si on venait de les polir. Et le ciel était assez transparent pour laisser apparaître une lune large et voilée.

Par la fenêtre de la remise à appâts, on pouvait voir Myron Moorhen le comptable qui griffonnait sur une feuille jaune et fourrageait ses cheveux. « J'ai un problème, avait dit Skelton. — Justement », avait-il répondu, excédé mais jouant son rôle dans la farce.

Un sot. Dans un des livres d'enfants de Skelton, on avait représenté un sot avec une bouche rouge, en forme de V.

Il urina par-dessus le quai, dans l'eau tiède, à côté de la barque. Du phosphore brilla à son geste. Il délia les amarres.

Lorsque le père de Skelton s'était alité, le grand-père avait tempêté dans toute la maison, cherchant quelque méchanceté bien sentie à lancer à son fils. Tout ce qu'il avait trouvé à dire, c'est qu'il n'était pas un sot. Au loin, on avait entendu le père de Skelton partir d'un franc éclat de rire. Puis chanter, en s'accompagnant du violon :

> *Je suis un vieux vacher*
> *Mais pas une vieille vache...*

Et le grand-père, fou de rage, s'était rué sur le violon
pour le mettre en morceaux et le père de Skelton l'avait
saisi par la gorge, l'étranglant à moitié et demandant
avec un dégoût et une maniaquerie sans nom : « Quelqu'un pourrait-il jeter pour moi M. Cochon merdeux
dans le Gulf Stream? »

Poussant doucement la barque loin de son mouillage,
l'oreille à l'affût d'un mouvement sur le quai, Skelton
tantôt touchait le fond et tantôt perdait pied. Il avait à
franchir une portion de chenal d'une trentaine de mètres
éclairée par la balise qui se trouvait à côté de la remise
à appâts, mais après cela il serait hors de danger. Une
porte s'ouvrit et se referma dans la remise. Moorhen
sortit distraitement, scrutant toujours ses feuilles jaunes.
Il se dirigea en face vers le bar. Skelton se hâta, poussant
de toutes ses forces, se dépêchant tant qu'il pouvait.

Les ténèbres : un bassin dans le chenal, le léger ressac
de la marée, la lune là-haut qui essayait de l'entraîner
vers le large. Merle Haggard prétend que chaque sot a
son arc-en-ciel. Ici, je ne risque rien. Il grimpa à bord
de la barque et, de son abri d'ombre, regarda le rivage
derrière lui. L'avenue était une scène de théâtre illumi-
née, les automobiles entrant et sortant de part et
d'autre. Le bar occupait le centre, au fond. Sur son
toit, une silhouette gigantesque de bécasseau, cernée de
néon, diabolique dans la lumière à vapeur de mer-
cure qui montait de la rue. Le pays du Tout-se-vend.

Il tira à lui la conduite de combustible sous le plat-
bord et la sectionna. Puis il fit osciller la barque afin
que le carburant, montant dans le réservoir, se déverse
sur le pont. L'essence bientôt se répandit partout.

Il s'assit pour reprendre souffle et attendre que le
réservoir se vide complètement. Dans le petit coffre
de fardage, près des commandes, il prit une boîte d'allumettes sur laquelle, comme il le nota avec étonnement,

on pouvait lire : *Handicapé faute de diplômes ?* Puis le chiffon dont il s'était servi pour essuyer le pont lorsqu'il avait repris du carburant.

Du bar sortirent, s'arrêtant un moment sous le bec de néon du bécasseau pour attendre que la chaussée soit libre, les Rudleigh, Carter, Nichol Dance, Roy l'officier du port et Myron Moorhen le comptable. Skelton les observait. Un instant plus tôt, ils avaient quitté le royaume des daïquiris glacés, ils étaient passés devant un buffet chargé de macédoines de fruits macérant dans leur sirop, puis devant les quinze leviers en chrome de l'appareil à cigarettes, pour entrer dans la cloacale nuit américaine. Skelton, sur le flot fétide, lunaire, était en cet instant exclu de la nation, sauf que les deux questions capitales du citoyen : serai-je pris et puis-je m'en tirer ? dominaient entièrement son esprit, à peine modifiées par cette folie primordiale du Nouveau Monde : se rendre du point A au point B.

Ils marchaient tous les cinq en direction du bassin, regardant droit devant eux, ce qui était étrange : les Rudleigh étaient des clients et lorsqu'on accompagne des clients, on tourne le visage vers eux. On vend et ils achètent.

Skelton entra de nouveau dans l'eau, des allumettes à la bouche et le chiffon imprégné d'essence à la main. Il fit quelques pas, tenant bien haut le chiffon roulé en boule. Puis il l'alluma et, prenant son élan, le jeta, enflammé, dans la barque.

Les flammes zigzaguèrent avec un bruit de succion d'un bout à l'autre du bateau jusqu'à ce qu'il prenne feu tout entier. Accroupi au ras de l'eau, nageant dans l'ombre vers l'autre extrémité du bassin, Skelton perdit de vue le groupe qui traversait la rue. Puis soudain les cinq personnes surgirent sur le quai. Carter sauta dans son bateau avec Dance, le moteur démarra en vrombissant. Ils accélérèrent pour faire planer l'embarcation puis coupèrent net le moteur comme le bateau de Nichol Dance explosait dans une pétarade, une boule de feu balayant latéralement la coque à toute allure avant de fuser comme un jet d'eau dans le ciel, les débris de la coque s'élançant dans cette fontaine, l'un d'eux filant comme une comète devant le visage joyeux de Skelton en traçant un sillage d'étincelles. Puis le bateau coula, si soudainement que Carter et Dance s'évanouirent, ainsi que Skelton, dans les ténèbres.

Skelton guetta le bruit du moteur. Le skiff se découpa sur l'avenue éclairée, Carter au gouvernail, Dance à l'avant, armé d'un revolver. Skelton ne bougea pas.

Le skiff vira lentement et disparut dans l'obscurité, entre lui et le rivage. La faible clarté de la lune et sa propre position au ras de l'eau l'empêchaient de rien voir.

Une nouvelle fois, le skiff se dessina sur le fond lumineux de l'avenue, avançant très lentement. Puis elle obliqua vers les passes et Skelton comprit qu'à moins de trouver un subterfuge, il allait être découvert.

Le skiff se dirigeait droit vers lui. Il décida de plonger. Mais le bateau se déplaçait avec une telle lenteur qu'il lui faudrait rester sous l'eau un bon moment. Il devait donc attendre jusqu'à la dernière minute. Ce n'est que lorsque le skiff fut à une quinzaine de mètres de lui, en plein contre la lumière, qu'il plongea, s'agrippant au fond, en pensant dans un demi-vertige que s'il mettait la main sur une anguille ou une pastenague, il lui faudrait s'y accrocher. De là où il était, il entendait fort bien le moteur. Un instant plus tard, le skiff passa au-dessus de lui. Levant les yeux, il aperçut la traînée de fumée nacrée laissée par le moteur, le skiff qui bondissait au clair de lune, l'ombre vacillante de Nichol Dance. Le sang bourdonnait dans son cerveau.

Le bruit du moteur s'éloigna. Skelton resta au fond de l'eau jusqu'à ce qu'il ne puisse plus tenir puis il revint à la surface. Le skiff, l'arrière tourné vers lui, se dirigeait vers le quai, l'eau vif-argent scintillait à la lueur de la balise.

Les Rudleigh — on ne sait pourquoi — se giflaient sur le quai. La surprise causée par ce spectacle contribua à sauver Skelton. Les deux guides sautèrent à terre pour les séparer. Mrs. Rudleigh crachait. Le chapeau de son époux était de travers.

Pendant ce temps, Skelton éprouvait spirituellement ce que l'on appelle, sur un avion commercial, « une brusque chute de pression à l'intérieur de la cabine ». Et la dispute des Rudleigh fut comme un masque à oxygène qu'on aurait lancé sur ses genoux. Il se persuada en conséquence qu'il était hors de danger, et pour toujours.

Thomas Skelton, qui avait eu jadis l'ambition d'être un chrétien pratiquant, avait quelque peu perdu la foi. Mais peu importe, se disait-il. Et il puisait un certain réconfort dans cette parole de l'Évangile selon saint Matthieu : *Quiconque dira à son prochain « Tu es un sot »,* *il en répondra dans le brasier de l'enfer.* A l'occasion, un homme doit confectionner son propre brasier, pour lui-même ou pour les autres. Comme une sorte de viatique domestique qui le soutient dans les grandes tribulations spirituelles.

Lorsque son grand-père eut fort aimablement payé sa caution, qu'il eut lui-même renvoyé à Jakey Roberts l'exemplaire de *Swank*[1] que celui-ci lui avait prêté et

1. Revue américaine du type *Playboy*. *(N. d. T.)*

décliné la proposition certainement bien intentionnée de son aïeul qu'ils aient ensemble un entretien, les flammes de son petit brasier personnel, quand il eut regagné sa carlingue, jaillirent du tissu de son existence avec la rapidité de l'alcali.

Imbécile !

Les objets divers qui se trouvaient dans la carlingue, réunis en un faisceau de relations intimes d'où lui-même n'était pas exclu, se dissocièrent, séparés par de froids segments d'espace. Il pouvait sentir l'endroit exact où ses dents s'appuyaient les unes contre les autres. Et ses mains reposaient sur ses genoux comme à l'intérieur d'une vitrine invisible.

Attention, se dit-il, pas d'aboiement. Pendant deux heures il réussit à garder le sang-froid nécessaire, assis devant son petit déjeuner aussi tranquillement qu'un gyroscope. Puis, peu à peu, le piétinement des poivrots à l'exercice lui parvint par le hublot feuillu. Et il pleura de gratitude. Après quoi, le sel et le poivre rejoignirent la table, le faisceau de relations se recomposa et ses mains croisées retrouvèrent leur moiteur.

Il sortit, alla jusqu'à la clôture de son jardin, au cœur du vacarme. Là, près de la haie de végétation sauvage, que couronnait un laurier-rose enlacé à un tilleul rabougri mais extraordinairement productif, il se trouvait nez à nez avec les hommes qui se balançaient mornement de gauche à droite tandis que, marchant à reculons devant eux, le sergent instructeur surveillait leurs efforts rudimentaires avec des yeux injectés de sang. Juste devant Skelton évoluait un poivrot plus jeune, plus fringant que ses camarades. A chaque nouveau commandement, ce poivrot s'écartait toujours davantage des autres. Une des raisons était qu'il exécutait ses mouvements avec beaucoup de panache : chaque fois, il jetait les épaules en avant dans un geste nerveux et élégant à la Fred Astaire et sortait un peu plus du rang. A la fin, le sergent arrêta la manœuvre et remit à l'alignement le marcheur absorbé en lançant un « Enculé! » d'une voix vibrante de ténor.

Ce spectacle éloquent ramena Skelton à la réalité aussi péremptoirement qu'un accident. Mais l'effet ne dura guère et il se retrouva seul derrière la haie, désagréablement aveuglé par l'éclat de la lumière que réverbérait la carlingue. Comme à l'accoutumée, il contempla les lignes de sa main.

Autre chose encore. Si son grand-père ne s'était pas montré si foutrement pressé, il aurait pu trouver quelqu'un d'autre pour payer sa caution et aurait été tranquille jusqu'à son procès. Au lieu de quoi, il allait devoir avoir avec le vieux cinoque un entretien au cours duquel ça allait sûrement barder.

Finalement, le jeune poivrot fut expulsé des rangs. Il était hors d'haleine.

« V's êtes le type qui loge dans le tacot », dit-il en montrant la carlingue. Skelton hocha la tête.

« Oui, c'est bien ça. »

Posant ses doigts sur une joue déliquescente, le jeune homme poursuivit : « Mon grand-père a été décoré pendant la Première Guerre mondiale.

— Ah oui?

— Vous ne me demandez pas pourquoi?

— Si, pourquoi?

— Je n'en sais rien. »

Skelton pensa : Je voudrais vivre au fond de la mer. Je suis assailli par des bataillons de niguedouilles. Le jeune poivrot s'en alla. Il prit le sergent à part et lui montra Skelton du doigt. C'est un communo, devait-il lui dire, ou un vandale.

Le sergent s'approcha. Il avait un visage calme, flegmatique, le visage d'un herbivore.

« Qu'est-ce que vous faites dans la vie? demanda-t-il.

— Je suis bouilleur de cru.

— Tant mieux pour vous. Nous avons un alambic nous aussi dans c'te cambuse. J'en ai fabriqué le serpentin moi-même. Ma dernière cuvée a fait sauter le pèse-alcool. Du vrai carburant de fusée.

— J'aimerais en goûter.

— Je vous en offrirais bien un verre. Mais ces foutus bons à rien l'ont ratiboisée aussi vite que la mousse monte au goulot d'une bouteille. Un homme est devenu aveugle ici avant que je m'occupe de l'alambic. Mais j'ai une bonne petite équipe. »

Skelton regarda les foutus bons à rien. Ils tournaient en rond parmi les feuilles de palmier qui jonchaient le sol, aussi perdus que des bébés à l'ombre d'une maison à demi condamnée qui avait dans son grenier un alambic clandestin.

La vie, se disait-il, est insupportable si on la regarde en face, comme chacun le sait d'instinct. La grande astuce, c'est, contrairement à ce que pensent tous les philosophes, d'éviter de la regarder en face. Vu à 45°, tout devient rose.

D'une façon générale, il se sentait remis de ses émotions. Ou en tout cas calme, dans la paix relative d'un lendemain de crise. Il retourna dans la carlingue pour sortir les ordures, ajoutant au contenu du cylindre galvanisé tout ce qui pouvait être considéré comme rebut, y compris un tableau que lui avait donné Spacey Tracy, le moricaud du Day-Glo, dans Simonton Street, représentant un grand thermos dressé dans un champ de pastilles de menthe. Le même artiste avait exécuté une série de portraits « contemporains » de personnages historiques. Kafka, en homme vivant de subsides. Van Gogh découpant des bons de prime au bord de la mer. Dostoïevski avec un chapelet de cartes de crédit.

Saint Jean de la Croix, dans une résidence en copro-
priété, jetant un œil dans le couloir comme si la femme
de service avait versé du vulgaire curaçao dans sa Marga
Rita[1]. Vlan, dans la boîte à merde avec tout ce qui est
dérision, histoire de rire un peu.

Carter et Dance, dans la remise aux appâts, ont dit
à Myron Moorhen le comptable lèche-cul de pousser
ses fesses et de leur laisser le bureau. Ils s'emparent
d'une de ses jaunes feuilles commerciales et essaient
de voir comment ils pourraient sauver le programme
d'hiver de Dance, bien qu'il ne possède plus de bateau
de guide.

D'abord ils calculent combien de temps il faudra pour
faire construire un nouveau bateau, combien de temps
l'assurance va mettre à rembourser l'ancien. Et, en regard,
le nombre de jours où Carter n'a pas de réservations et
où Dance, lui, en a et pourra lui emprunter sa barque.
« Faudra me verser une petite indemnité, dit Carter.

— Bien entendu, mon vieux.

— Je vais faire le total. » De l'ongle, il parcourt les
colonnes de chiffres, de haut en bas et de bas en haut.

« Qu'est-ce que ça donne ?

— Regarde.

— Hum !

— C'est pas brillant.

— Non. Ça sent plutôt mauvais.

— Comment que t'es paré, à l'heure actuelle, Nichol ? »
Dance le regarda. « Comment j'suis paré ?

— C'est ce que je te demande.

— Cart, si la dinde coûtait un cent la livre, je pourrais pas me payer un ticket de tombola pour gagner un
pigeon.

— Ha, ha, ha !

1. Boisson agrémentée de citron vert. *(N. d. T.)*

— Si avec dix cents on pouvait acheter un smoking pour un *élerfant,* j'aurais même pas de quoi acheter un T-shirt pour une puce.

— Hi, hi, hi. Bon. Mais sérieusement... »

N'importe qui aurait pu voir que Carter ne goûtait guère ces plaisanteries. Dans le rire forcé avec lequel il accueillait les saillies d'un homme qui avait appris ou lui avait pris tout court tout ce qu'il savait lui-même et qui prétendait maintenant se servir de son skiff, il entrait un soupçon infime, mais néanmoins perceptible, de lâcheté.

« Tu comptes faire quelque chose à propos de ce garçon? » demanda-t-il. Il aimait bien Skelton mais, bon Dieu, tout ça commençait à devenir embêtant.

« C'est entre les mains de la justice, dit Dance. C'est pas que j'aie pas songé à le tuer. Mais depuis que j'ai pas réussi à me tuer moi-même l'autre jour, ça me dit plus rien de tuer quelqu'un d'autre.

— Hé, hé, hé.

— Mais ça pourrait bien me reprendre. Si on continue à m'agacer comme ça, je veux dire. C'était pas un mauvais gosse.

— Il voulait être guide.

— Je sais, je sais. »

Soudain, Carter vit comment se rendre agréable. « On n'a fait que l'envoyer à rude école, quoi! »

Ce fut au tour de Dance d'éclater de rire. Le succès de sa petite plaisanterie eut pour effet de provoquer chez Carter un sentiment aux antipodes de son vague désir de se faire bien voir. Il repensa à Skelton, à la leçon qu'ils lui avaient donnée. Et ne se sentit pas particulièrement fier. Néanmoins, comme il était un lèche-bottes de première, il n'était pas prêt à analyser son émotion.

La sonnerie du téléphone se fit entendre et Skelton
regagna rapidement la carlingue. Sa mère était au bout
du fil. « Ton grand-père voudrait que tu viennes le voir
ici, ce soir après dîner.

— Tu m'en vois ravi.

— Allons, allons.

— Je me mettrai en frais, c'est promis.

— Tâche de venir en tout cas. »

« Les Français ont un mot pour ça », fit remarquer le
grand-père de Skelton qui, le dos tourné à la femme,
préparait une boisson. Il se retourna et lui tendit un
grog. « Moi, j'appelle ça une chatte.

— Je sais, Goldsboro. »

Ils étaient dans la salle de gymnastique du vieux
Skelton, dont la panoplie d'appareils semblait fort
compromise par la présence d'un bar bien fourni.

« Je l'appelle comme ça parce que c'est franc et je suis
un homme franc parce que je n'ai rien à cacher.

— Il n'y a pas beaucoup de gens à Key West qui seront
d'accord avec toi là-dessus », dit la dame. C'était une
femme de cinquante ans, corpulente. Elle s'appelait
Bella Knowles. Son mari, un agent d'assurances qui
faisait du trafic d'armes, se trouvait pour le moment en
résidence forcée dans l'île des Pins.

« Je m'exerçais pour parler à mon petit-fils. Il faut
que je remette ce petit blanc-bec dans le droit chemin
de la vertu, sans quoi il finira dans un moïse comme son
paternel.

— Tu aurais dû le laisser aller en prison. Ça vaut mieux
que de traîner avec les pêcheurs de louage.

— Dépêche-toi de finir ton verre. J'ai l'intention de
continuer. » Il s'assit au bord du trampoline qui domi-
nait la pièce. Par des fenêtres hautes, blanchâtres, la
lumière pénétrait à flots dans la petite salle.

« Je le siroterai si je veux.

— Alors, dépêche-toi de siroter.

— N'oublie pas que tu parles à une dame et à la seule que tu posséderas jamais. » Goldsboro Skelton poussa le medecine-ball hors de la surface frémissante du trampoline. Le ballon tomba lourdement par terre.

« Ça... »

L'étrange couple, l'escroc triomphant et rabougri et la replète compagne d'un trafiquant qui se trouvait en prison, se déshabilla sans cérémonie, décrépitude et embonpoint s'opposant, tandis qu'ils se baissaient l'un et l'autre pour ôter leurs socques, en une symétrie bizarre.

Avec entrain, Goldsboro Skelton, le postérieur toujours criblé de trous de balles cubaines, monta sur le trampoline et commença à faire des petits sauts, ses poignets noueux crispés contre ses oreilles en un geste d'une héroïque simplicité. Bientôt, il exécuta des bonds assez impressionnants, qui n'échappèrent pas à Bella Knowles. Elle le rejoignit.

Au début, ils rebondirent sans harmonie, Skelton prenant son essor juste comme Bella retombait sur le trampoline. Ils s'arrêtèrent un instant, orteil contre orteil, et se taquinèrent un peu, puis recommencèrent à sauter, cette fois au même rythme. Tandis qu'ils se regardaient bondir de plus en plus vite contre le mur au fond, Goldsboro Skelton était un arc de virilité tendu vers Bella Knowles, rose houle de désir.

Au-dessous d'eux, le cadre en fer noir du trampoline se dilatait et se contractait sous leurs bonds. Les milliers de ressorts qui tendaient la toile couinaient comme des lemmings, des fusils d'arquebuse rouillés ou des tolets non huilés.

Puis ils se heurtèrent, culbutèrent, rebondirent anarchiquement en l'air dans une folle confusion de membres, perdirent de vue le trampoline et s'écrasèrent au sol.

Ils restèrent étendus sans mouvement. Rassurées, les mouches du gym se remirent à tourbillonner dans la lumière qui tombait des hautes fenêtres. Au même moment, le petit-fils de Goldsboro Skelton lisait le passage de l'*Histoire naturelle* de Pline qui décrit la montée de la marée quand la lune se lève parmi les étoiles. Et, à d'autres égards, la vie continuait bien qu'ici, dans le gym, elle parût plutôt incertaine.

Au bout de quelque temps, Goldsboro Skelton se mit à ramper, avec un nez qui saignait, vers Bella Knowles. Parvenu à côté d'elle, il scruta ses yeux grands ouverts au-dessus d'une lèvre terriblement enflée. Il se leva en chancelant et alla chercher un verre d'eau qu'il lui fit boire, tendrement. « Les Français ont un mot pour ça, observa-t-il d'un air préoccupé.

— Qu'est-ce que c'est, espèce de baiseur à la manque ? » demanda Bella Knowles.

Au crépuscule, la lumière du jour ne pénètre guère au-delà du marché Carlos dans Elizabeth Street. De sorte que sur le chemin qui mène chez les parents de Skelton, lorsqu'on regarde au fond de cette rue ou de William Street, les bateaux crevettiers forment dans leur ombre une masse imposante tandis que les nuées de mouettes planent au-dessus d'eux dans la lumière. A l'angle de ces rues, les feuilles de palmier balayées en tas qui bruissaient tout le jour de lézards engourdis sont pleines à cette heure de fraîcheur et de silence.

Quand on passe le coin de Simonton Street, les fourgonnettes des postes sont rangées contre des boxes fermés par des rideaux de fer et il y a toujours au moins un garçon qui s'amuse à faire des huit à bicyclette dans le parking tranquille. Sur la grille de l'entreprise de

Transports, les ananas de verre et de fer ont l'air de scarabées sertis dans du vieil argent.

Duval Street, où grouille pendant la journée une foule toute latine, semble emplie de brise et d'espace, à peine troublée par un taxi qui file dans l'or du couchant. Au cinéma porno, la caissière promet aimablement au sergent instructeur « pas moins de vingt scènes de cul ». Vue du large, Key West paraît s'être fondue à nouveau dans la mer. Les quelques rares bateaux qui sont sortis pour aller pêcher de nuit le tarpon dans les détroits promènent avec douceur leurs feux rouges et verts dans les ténèbres.

Le dîner n'était sans doute pas encore fini chez ses parents, nourri des accusations absurdes de son grand-père et des dénégations dadaïstes de son père, tandis que sa mère adoptait une attitude rien de moins qu'olympienne à l'égard de cette querelle déjà antique.

Aussi Skelton se glissa-t-il dans le garage pour prendre sa canne à pêche. Il longea la moitié d'un pâté de maisons jusqu'au bar Dos Amigos, à l'angle de Front Street, avala un bourbon coupé d'eau, fit une maladroite partie de billard avec un pêcheur de crevettes cubain contre-révolutionnaire qui prétendait pouvoir naviguer de Key West jusqu'à la côte nord de Haïti sans carte ni sonde parce qu'il était un « capitaine de Key West ». Après quoi, il reprit sa canne à pêche et, traversant Front Street aux dernières lueurs du jour, descendit sur la minuscule grève qui s'étend entre l'usine de textiles et le restaurant Tony's.

Il faisait noir et chaud comme en été et les tarpons s'attaquaient au fretin qui grouillait sous les lumières du restaurant. Ils étaient une vingtaine peut-être à frapper l'eau éclairée et les crevettes, battant en retraite, disparaissaient en agitant leurs pinces dans les ténèbres.

Directement au-dessus des poissons, dans l'angle

d'une terrasse, un homme vêtu d'un smoking blanc serrait de près une fille en robe longue. Il la poussait contre la balustrade et écrasait son visage contre elle tout en tenant son verre de cocktail en parfait équilibre au-dessus de l'océan.

« Natalie !

— Gordon ! »

Skelton grimpa à l'arrière d'une barque à demi échouée sur la grève et, de son repaire d'ombre, lança la ligne en plein milieu du fretin. Du premier coup, il accrocha un tarpon. Pendant un moment, le lourd poisson demeura immobile, cherchant à comprendre ce qui lui arrivait. Puis il fit un bond prodigieux dans la lumière, si bien que ses nageoires vinrent heurter la balustrade.

Gordon fit volte-face. La figure de Natalie s'allongea. Avec hargne, l'homme jeta un regard sur son verre vide, aperçut la ligne de Skelton qui se perdait dans l'obscurité et conduisit « Nat » à une table libre à l'intérieur, complètement frustré dans son élan.

Skelton bloqua la poignée du moulinet, décrocha le poisson, enroula la ligne. Et retourna chez ses parents, en parfaite harmonie avec le monde et lui-même. Peut-être son grand-père serait-il là avec sa secrétaire, Bella Knowles, qui faisait pivoter une face maligne et perspicace sous les accroche-cœur qui, depuis près de quarante ans, ornaient ses tempes. Il se demandait combien de litres de salive elle avait dû dépenser pour cela.

Il franchit la porte d'entrée sans frapper. A l'extrémité de la véranda, il aperçut son grand-père, seul, qui mangeait dans la salle à manger éclairée. Son père était sous la véranda, derrière sa moustiquaire. Le poste de télévision était fourré dessous. Prenant une chaise de fer, Skelton s'assit auprès du malade. Au bout d'un moment, son père lui jeta un bref regard et dit : « Green Bay a

raté la transformation de l'essai. » Après quelques
minutes, il se pencha pour diminuer le son. « Green
Bay a des trois-quarts aile formidables, dit-il à son fils.
Mais MacArthur Lane, bon Dieu, quel arrière! Il a de
ces passes fantastiques quand le pack tient bon qui ne
semblent pas physiquement possibles. Attends. On est
presque sur la ligne du but. Le demi de mêlée va sûrement lâcher ses trois-quarts... Et les avants... Ça y est,
un but. » Les arrières étaient fin prêts, mais le capitaine
donna un coup de pied à suivre.

« Merde alors », dit le père de Skelton. Il regarda
son fils. « Fais-moi une faveur.

— Laquelle?

— Laisse tomber la violence. Tu es trop romantique
pour t'y entendre. Ce Dance ne fera qu'une bouchée de
toi. En violence, il s'y connaît, lui, alors que toi tu n'es
qu'un amateur. »

Avec une certaine admiration, Skelton se dit que le
tour que lui avait joué Dance avait été une vacherie bien
montée. Son cachet d'authenticité, ç'avait été l'histoire
de Charlie Starkweather, qu'il se rappelait comme une
sorte d'artiste-assassin anachronique qui parcourait
l'Ouest. Avant d'être branché par des fonctionnaires
de la république sur la prise de courant d'un service
public du Nebraska dans un fauteuil de métal. Les
restaurants s'étaient trouvés plongés dans l'obscurité
tandis que Starkweather explosait comme un flash aux
noces de 'Tricia[1]. La déflagration le ratatina au point
qu'il ne s'adaptait plus au collier électrique. On le
retrouva dans la salle des adieux pareil à une ombrelle
des années 1890 déchiquetée par le vent. Une année plus
tard, il aurait pu crouler sous la vigne comme un écha-
las. Après chaque électrocution, les fonctionnaires de

---

1. Allusion au mariage de la fille du président Nixon. *(N. d. T.)*

la république se réunissent pour participer à un bon
petit enterrement chrétien, animés qu'ils sont de l'iné-
branlable conviction américaine que même Dieu adore
la friture.

« Je ne te connaissais pas cet amour pour la violence,
dit son père pour plaisanter, cherchant à lire dans ses
yeux que la rêverie rendait vagues.

— Je ne l'aime pas.

— Tu as agi sous l'empire de l'émotion alors?

— Plus ou moins.

— Tu as l'intention d'avouer ton crime?

— Non. Et pas davantage de le payer.

— Je n'aurais pas cru ça de la part d'un scientifique.

— Je ne suis pas un scientifique et je n'ai pas l'intention d'en être un. J'ai juste assez d'intelligence pour
calculer où le poisson se cache.

— Tu ne te vengeais pas comme ça à coup d'incen-
dies avant d'avoir lu les poètes français. Qui plus est,
quand ton grand-père a offert de payer ta caution, tu
n'as pas particulièrement trouvé créance à ses yeux en
lui demandant de t'apporter plutôt ton Apollinaire.

— Bah, il ne savait pas de quoi je parlais. Jakey Roberts
m'a prêté son exemplaire de *Swank* et au lieu de lire
l'*Hérésiarque et C*ⁱᵉ, j'ai lu un bref article sur un aphrodi-
siaque.

— Ces louftingues de Français ont produit une génération d'hurluberlus subversifs dont je crains que tu
n'ailles grossir les rangs. Encore que j'aimerais mieux
ça que de te voir faire joujou avec la drogue, ça me
paraît revenir au même. »

Tu ne crois pas si bien dire, pensa Skelton.

Les deux hommes éclatèrent de rire. D'un rire peut-
être proche des larmes. Soulevant un pan de la moustiquaire, Skelton l'enroula à un des montants. « Ce n'est
pas vrai. » Il pouvait voir son père.

« Qu'est-ce qui n'est pas vrai ?

— Ce que tu dis d'Apollinaire et des autres.

— Tu n'es pas de mon avis ?

— Je pense que Nietzsche a produit davantage d'hurluberlus.

— Et Gurdjieff ? Et Oupensky ?

— Et Kahlil Gibran ?

— Et Tex Ritter ? » Et ainsi de suite, en passant par le
père Coughlin, Darius Milhaud, Stockhausen, Donald
Duck, Baba Ram Dass, Lénine, un certain Bürgermeister
d'une publicité pour une bière du Milwaukee, les dandys
à guitare des horribles années 1960, Thomas Edison
— et de rire de plus belle. Puis, avec une gravité feinte,
le père de Skelton prit son violon et joua le début de
Corrinne Corrina, style hillbilly, très beau. Skelton alluma
un cigare hollandais un peu sec, écoutant dans une sorte
de demi-vertige ces mélancoliques refrains de cow-boy,
déclin du jour, cris affaiblis des vendeurs de journaux
remplissant leurs sacoches. Un demi-vertige tout aussi
bien dû à l'instinct puissant qui le poussait à prendre
une vue plongeante de sa propre existence au lieu de la
considérer comme une simple rotation de substances
chimiques au sein d'un système clos, vision qui ne réussissait jamais à expliquer l'usure provoquée par les
choses qui vous font souffrir.

Le demi de mêlée gueula : « Attention, les piliers,
hors jeu, hors jeu. Vite, vite, au talonneur. Dans le
couloir. A nous ! » Le jeu avait repris. Le demi de mêlée
donna un coup de hanche et fila vers le centre.

Le grand-père de Skelton pénétra sous la véranda
dans un brouillard d'odeurs de cuisine et regarda avec
circonspection les deux hommes qui conversaient.
Avant de s'approcher, il remonta très légèrement les
épaules.

« Qu'est-ce que tu as fait à ton nez, grand-père ? »
demanda Skelton.

Le grand-père tâta du doigt l'arête enflée. « Le fichu
coffre de mon Coupé de ville m'a sauté à la figure et
m'est rentré dans le pif. »

Une main sortit du lit et rabattit la moustiquaire. Un
moment après, ils entendirent la télévision : « Intro-
duction Green Bay, sur les vingt-deux. »

« Devine avec qui je viens de prendre un verre ?
demanda le grand-père à Skelton.

— Aucune idée.

— Nichol Dance.

— Tiens.

— Auparavant, j'avais jeté un coup d'œil sur l'assurance de ce garçon et j'avais vu qu'il serait remboursé
jusqu'au dernier centime. Alors, je lui ai dit que s'il
voulait te traîner devant les tribunaux, je l'enverrais
au diable et en tout cas que je l'obligerais à quitter le
comté de Monroe par le premier train. Je lui ai demandé
comme ça : " Mr. Dance, êtes-vous un joueur ? " Il m'a
répondu que non et alors je lui ai dit " Mr. Dance,
laissez la compagnie d'assurances s'occuper de vos
malheurs. " Je m'étais muni, pour donner plus de poids
à mes arguments, d'une copie de son casier judiciaire.
Tu sais qu'il est vicieux, je suppose.

— Je le savais, je pense.

— Bref, c'est un garçon dégourdi qui a quelque chose
de mesquin en lui. Mais il est capable d'entendre raison.
Il fait partie de la communauté et, par conséquent, il
faudra bien qu'il s'exécute.

— Tu veux t'asseoir ?

— Non... Qu'est-ce que tu faisais avec son bateau ?

— Je guidais.

— Quoi ? Tu n'as pas encore laissé tomber ça ?

— Je n'en ai pas l'intention.

— Combien ça te coûterait d'avoir ton propre skiff ?

— Environ quatre mille dollars, si je le faisais construire et équiper d'un moteur correct.

— Tu veux que je te finance ?

— Sûr. Ha, ha !

— Comment me rembourserais-tu ? Ne ris donc pas si vite.

— Avec l'argent que je gagnerais.

— J'en douterais fort, n'était que Nichol Dance m'a assuré que tu ferais un excellent guide. Affaire conclue. »

Quand le grand-père de Skelton était tout ce qu'il y a de plus sérieux, il vous parlait ventre contre ventre, les yeux plongés dans les vôtres. S'il tenait un verre, il le brandissait en l'air et ponctuait ses phrases de petits coups de phalange qu'il vous administrait sur le sternum. C'était un enjôleur, pas schizophrène pour deux sous, si bien que des centaines de pauvres bougres lui confiaient leur argent sans la moindre arrière-pensée. Le père de Skelton, qui écoutait, soupira : « Génération après génération, c'est la même chose. Les aveugles guident les aveugles. Ça leur donne une occupation. »

Dans son arrière-cour, sous un poinciana tordu, au feuillage dégarni, Nichol Dance enlevait des darnes de sériole qui trempaient dans la saumure pour les étaler sur des grils grossièrement fabriqués, à l'intérieur d'une carcasse de réfrigérateur dont il se servait pour fumer le poisson.

Il avait allumé un bon petit feu de charbon de bois de platane qui sécherait juste à point la riche chair sombre de la sériole. Mais ça lui donnait du travail, de découper tous ces poissons en filets et de les mettre dans la saumure. Et d'une façon générale, il ne se sentait pas très malin, plutôt même stupide en fait.

J'aurais bien besoin de crédibilité, se disait-il, parce qu'ici, bon Dieu, on m'en fait voir de vertes et de pas mûres. D'abord, mon bateau complètement brûlé, puis ce vieux con qui me dit d'attendre l'assurance. Nom de Dieu.

Et maintenant, ce boulot. Du boulot pas intéressant, mais nécessaire à cause de cette sinistre, oui, maintenant il s'en rendait compte, de cette sinistre et inepte plaisanterie dont il savait aussi bien que quiconque qu'elle était tellement empreinte de fatuité ridicule que lorsqu'elle se retourna contre lui et que son bateau se mit à flamber, Cart et lui, incapables d'y échapper, durent parcourir en tous sens le chenal, le pistolet à la main, gonflés d'une même rage et dans cet état d'hébétude que provoque toute émotion liée à la propriété.

Mais il était convaincu qu'il existait une nécessité indépendante de la justice. Parfois, on faisait quelque chose de mal, mais ce qui était fait était fait, un point c'est tout. Il n'y avait pas moyen d'y changer quoi que ce soit et, par conséquent, le mieux était de rester peinard. La raclée viendrait toujours bien assez tôt. Dance aurait bien voulu ne pas avoir berné Skelton comme il l'avait fait. Mais c'était fait et maintenant il ne pouvait plus revenir en arrière. Skelton était un garçon assez sympathique. Il espérait de tout son cœur qu'il n'aurait pas à le supprimer.

Il glissa donc le pistolet dans sa ceinture, la crosse tournée vers la droite, à l'abri d'une chemisette à manches courtes (marsouins bleus sur fond blanc) passée par-dessus le pantalon. Évidemment, le pistolet était inconfortable. Mais il conférait de la crédibilité et offrait la garantie la plus palpable qu'il connût. C'était, quand il n'y avait plus moyen de revenir en arrière, une solution des plus commodes.

En sortant, il s'arrêta pour se regarder dans la

lucarne ovale de l'entrée. Qu'arrive-t-il à ce garçon?
se demanda-t-il.

Il y a des jours où on ne se sent pas très malin, les
vêtements qu'on porte ne sont pas élégants, l'auto
qu'on possède est moche, on sait qu'on n'a pas accompli
une seule chose qui fera qu'on se souviendra de vous
et on n'a pas plus d'intelligence qu'un rebord de trottoir ni assez de bon sens pour se mettre à l'abri quand
il pleut ou cesser de monter ces blagues idiotes qui ne
font que mener d'une atrocité à une autre. On se sent
stupide, rien que stupide.

Dans l'allée, il s'arrêta de nouveau et sentit la brise
du sud qui retroussait les arbres, chaude comme Cuba.
Les poissons devaient affluer dans les détroits, nouvelle
lune, marées sans histoires. Je suis un garçon sans avenir, pensa-t-il avec un sourire. J'ai acheté une Ford
alors que j'aurais dû acheter une Chevrolet.

Skelton et Miranda se rencontrèrent à la jetée de
Mallory pour le coucher du soleil. Un disque pourpre
achevait palpablement de tracer l'arc de sa descente à
l'ouest des îlots de l'Homme et de la Femme. Dans
deux mois, il disparaîtrait derrière les îlots du Mulet
et de l'Archer. Ce serait des heures après le dîner et
l'on entendrait dans toute la ville des parties improvi-
sées de base-ball. Pour le moment, une foule de freaks
attendait le spectacle.

« Tu es toujours fâché?

— A propos de ton ancien ami? Non. Enfin, pas
trop. Faudra-t-il que je m'y habitue?

— Pas si c'est important. »

Il y avait à quai un ancien cargo de la Seconde Guerre
mondiale reconverti, immatriculé aujourd'hui au
Grand Caïman. Un bateau pour le transport des
concombres, avait dit quelqu'un. Il était amarré au

dock à carburant. Trois hommes musclés en T-shirt se penchaient au-dessus de la plage arrière pour regarder les filles hippies, les seins libres dans leurs haillons en ersatz d'Oshkosh By Gosh[1]. Le vendeur de salade antillaise passa, criant : « Qui veut être un chaud lapin! Qui veut être un chaud lapin! » pour vanter les vertus aphrodisiaques de la marchandise qu'il transportait dans un panier à l'avant de son vélo.

« Si ce qu'il dit de cette salade est vrai, remarqua Skelton, c'est bien la dernière chose dont ces dingues de baiseurs ont besoin. »

L'ardent soleil rouge s'enfonça dans la pâle courbure de la mer, embrasant la ligne ténue de démarcation avec le ciel. La ligne s'éleva peu à peu jusqu'à ce qu'il ne subsiste plus qu'une toute petite flamme à l'horizon. A son tour, elle s'éteignit. Les applaudissements éclatèrent.

« Viens chez moi ce soir, dit Skelton.

— Si tu veux. »

Ils prirent Caroline Street, puis coupèrent par Margaret Street. Il soufflait un vent du sud et Skelton expliquait qu'avec ces marées de la nouvelle lune, il devait y avoir pas mal de poissons en vadrouille. Miranda lui fit observer qu'à son avis — elle le dit aimablement —, il devrait pouvoir se réjouir du vent du sud, de la nouvelle lune et des poissons qui voyageaient sans avoir besoin d'aller en attraper quelques-uns.

« Trop abstrait pour moi.

— Que vas-tu me jouer pour me faire la cour?

— Une musique de pachanga, de La Havane libre. »

Miranda avait une démarche souple. Comparons sa bouche, pensa Skelton, à un délicat quartier de mandarine. Qui a dit qu'embrasser quelqu'un revenait à sucer un boyau de trente pieds dont les cinq derniers sont

1. Marque de vêtements utilitaires, mais de qualité supérieure. (N. d. T.)

pleins de merde? Peu importe qui l'a dit. C'est comme
ça qu'il faut voir la chose, jugea-t-il en coulant un
regard vers la charmante jeune fille : je mordrais volontiers aux deux bouts.

S'arrêtant avec sévérité en face du Service de secours
et d'ambulances, il saisit Miranda dans ses bras et suça
l'extrémité en forme de mandarine du boyau de trente
pieds sans se soucier le moins du monde de ce qu'il
pouvait y avoir à l'autre extrémité et qui, sans doute,
montait lentement vers ses lèvres.

Ils débouchèrent dans sa ruelle. Où une automobile
stationnait au croisement de Margaret Street. Skelton
parcourut encore quelques mètres avant de s'arrêter
pour jeter un coup d'œil derrière lui sur le véhicule.
Ses phares à la française, ses ailes élargies, ses anti-
brouillard factices, ses vitres en verre fumé, son capot
arrondi et sa rouille désignaient sans erreur possible
l'auto de Dance.

« Miranda, il faut que tu t'en ailles.

— Quoi? Avec tout ce chemin que je viens de faire!

— Je ne peux pas courir ce risque, dit Skelton en se
parlant à moitié à lui-même.

— Dois-je faire ligaturer mes trompes?

— Ce n'est pas à ça que je pense, répondit-il en
regardant de tous les côtés. La vérité, Miranda, c'est
qu'il y a par ici un homme qui appartient à cette automobile et que cet homme ne m'aime pas.

— Tu as l'air inquiet.

— Je le suis. » Peut-être l'était-il.

« Veux-tu que j'attende?

— Non, je ne pense pas.

— Bon... Sois prudent.

— Ce n'est pas aussi grave que ça, Miranda. Ça peut
certainement ne pas l'être en tout cas.

— Bon...

— Je regrette énormément pour ce soir...

— Ce n'est que partie remise, dit Miranda, tout en ajoutant : peut-être pas. » Elle s'éloigna en direction de Margaret Street. Skelton enfonça ses mains dans ses poches, pensant : Où se cache ce sournois individu?

Les ombres s'étendaient ici et là, à la façon de la marée lorsqu'elle envahit un bas-fond d'une forme particulière, avec des creux et des bosses, qui ne recèle des poissons qu'en certains endroits. Ou à la façon dont s'abattraient six grand-mères simultanément frappées par la foudre.

Skelton se mit donc à épier par là, sous l'auvent sombre de l'hôtel des poivrots, derrière un tas de planches de cyprès pourries et de ferraille. Pendant un long moment, il épia. En s'efforçant de ne pas penser à des bagatelles.

La violence. Pourquoi ce calme s'alliait-il si bien à la violence? Tout comme, par grand vent, on appuie la paume de la main sur l'oreille pour créer une poche de silence. Les feuilles des palmiers bougeaient, projetant sur le sol des doigts d'ombre décharnés. Et ces ombres multiples provoquaient une sensation de vide. Mentalement, on voit alors sa propre âme s'échapper comme une fumée d'un cadavre familier.

Skelton se glissa le long de l'automobile et regarda à l'intérieur. Rien. Une épuisette traînait sur le siège arrière. Le clair de lune découpait le tableau de bord en un damier de triangles isocèles lumineux et noirs.

Où est ce péquenot, ce fils de pute ou de Dieu sait quoi? Ce pignouf de l'Indiana?

Il décida de rentrer tout simplement chez lui et d'attendre les événements. Fermer la porte à double tour, repérer un solide couteau à éplucher, destiné à rencontrer dans ce karma autre chose que du concombre.

Garder l'œil sur le hublot et attaquer par surprise ce perpétreur de crimes.

Tu sais qu'il est vicieux, je suppose.

Dans la cour, il n'y avait personne non plus. Trois fenêtres étaient éclairées, chacune avec la silhouette d'un poivrot découpée comme sur une carte à jouer. J'appelle trois poivrots.

La barque flambe dans sa mémoire. Tout ce que possédait Nichol Dance, et le réservoir qui explose en perçant la coque de part en part. Brusque naufrage, sifflement d'essence surchauffée, catastrophiques bulles, ruine.

La barque navigue à la clarté de la lune, un tueur à la poupe, elle navigue et vire dans la lumière, dans l'ombre, dans la lumière. Le sifflement rauque de sa propre respiration.

Skelton poussa la porte de la carlingue.

« Allume et assieds-toi, dit Nichol Dance.

— Comment ça va ? » demanda Skelton. Dance faisait de son mieux pour ressembler à l'Antéchrist.

« Pas mal, pas mal. J'ai perdu ma barque. Mais à part ça, ça va pas trop mal.

— Pourquoi ce revolver ?

— Pour te montrer avec quoi je vais te faire sauter la cervelle si jamais tu t'avises de guider à partir de n'importe quel bassin à l'ouest de Marathon. T'as qu'à faire la liste toi-même.

— Big Pine, Little Torch, Sugarloaf, Key West.

— J' pourrais oublier ta petite plaisanterie à la con et aller jusqu'à penser que maintenant c'est clair pour toi comme de l'eau de roche, dit Dancé en tripotant le percuteur du colt.

— C'est très clair. »

Dance réfléchissait. Il me comprend mais il ne semble pas que j'aie beaucoup de crédibilité.

« J'ai déjà fait jouer le cran de ce pistolet, dit-il laconiquement.

— Oui, oui, je l'ai entendu. »

Pendant un moment, Dance fut incapable d'articuler un mot. Il avait le sentiment qu'en se servant du meurtre du lad pour se rendre crédible, il venait de renier d'un seul coup toute sa pénitence.

« Bon, eh bien, je m'en vais maintenant.

— D'accord, à un de ces jours. »

Skelton bondit, s'excusa, se faufila devant Dance pour gagner la porte et dévala la rue en direction de Margaret Street : « Miranda ! Attends ! »

Dance resta là, ahuri. Il se demandait à quand remontait la dernière fois où il pouvait dire qu'il avait présenté une vraie de vraie crédibilité et non pas cette espèce de pâle imitation de pacotille dont il venait de faire étalage.

Une matinée intelligente : du jus d'orange Indian River [1], des Levis lavés et relavés, une chemise cubaine Guayabera parfaite, Eric Clapton à la radio, du soleil plein les murs, des cafards dansant la cucaracha dans la boîte à pain, une imitation infiniment délicate d'oiseaux moqueurs par des oiseaux moqueurs. Oui, messieurs dames, je sais que ce n'est pas grand-chose. Mais on va bien s'amuser quand même.

Maintenant, par pure curiosité, voyons ce que Jésus mijote aujourd'hui. Skelton le champion de la Bible prit le Livre saint sur les rayons et le lut pendant une demi-heure à la recherche de quelque chose qui retiendrait l'attention. Une matinée ensoleillée, idéale pour commander une barque, se laisser bercer par la radio

---

1. Oranges de qualité très appréciées, cultivées en Floride. (N. d. T.)

et se plonger dans la lecture de la Bible. Il faudrait que je réveille Miranda. Saint Matthieu, IX, 13 : *C'est la miséricorde que je désire, et non le sacrifice. En effet, je ne suis pas venu appeler les justes, mais les pécheurs.*

« Miranda, ma douce!

— Baisse un peu la radio, Tom, juste un peu.

— Tes désirs sont des ordres.

— Juste un peu. Merci. Qu'est-ce que c'est?

— Derek et les Dominos.

— Quelle heure est-il?

— Sept heures et demie. Tu veux des Cheerios[1]?

— Oui, mais laisse-moi m'habiller maintenant, j'ai à peine le temps. Le cours de géographie des sixièmes est dans une heure. »

Skelton l'espion : le mystère des femmes qui s'habillent. L'amorce des fesses à la chute des reins, brusquement dérobée par le corsage de cotonnade indienne. Un sourire endormi en se retournant. Les sphères des seins dans le corsage, la pâle demi-lune du ventre, disparue à mesure sous l'avance des boutons de nacre. C'est l'été en Russie. Je me prépare à livrer un duel fatal dans une pâmoison de filles. Miranda la pâle.

Skelton se pencha vers la pluie de Cheerios. Calme-toi. Amour, connaissance, Jésus, océan, con, et inoffensive victoire. Essaie de penser à plus de choses à la fois. Une abondance de références. De vieux amis de la famille ensevelis sous des feuilles d'impôt. Je me suis torché le cul avec une feuille de statistiques personnelles. Quel était le numéro de sécurité sociale du comte Tolstoï? Si on ne répond pas à cette question en une seconde, la République est morte.

Miranda rentra, quittant l'air frais.

« Qui sont ces hommes là-bas?

---

1. Marque de céréales. *(N. d. T.)*

— Des poivrots.

— Ils font toujours l'exercice?

— Depuis quelque temps. »

Parfois on entendait des bruits qui venaient de l'hôtel, joueurs de ping-pong, postes de radio, chats, bagarres, mouettes et appareils détraqués. L'hôtel était assiégé, et conquis, par la végétation sous toutes ses formes. Les jours d'hiver, le vent retroussait chaque feuille à un certain angle par rapport au soleil et l'ensemble brûlait et scintillait d'un éclat tout végétal. Les poivrots étaient sensibles à cette splendeur et évoluaient sur la pelouse misérable, plissant les yeux, en dansant un étrange menuet chaloupé.

Skelton se rappelait ce refrain de la maternelle :

Le beau Danube bleu, c'est la valse
De Strauss, de Strauss...

« Bon, il faut que je parte. Comment suis-je?

— Sensationnelle.

— Je n'ai pas mes bouquins. Je vais être obligée de faire du survol en géographie.

— Tu n'as qu'à dire à tes élèves qu'on ne trouve pas d'oolithe de Miami au sud-ouest de Big Pine.

— Impossible. Nous en sommes encore au plateau continental alluvial de la côte est. D'ailleurs, ce que tu dis n'est pas tout à fait exact. Tu dois penser au calcaire de Key Largo.

— C'était très chouette! » dit Skelton sur le seuil.

Et Miranda : « A un de ces jours, au bassin de Mallory. »

Neuf heures. Thomas Skelton se prépara à aller chez Powell, le constructeur de bateaux. Il éprouvait la surprise neuve de vivre dans une ville où il y avait quelqu'un qui était tout prêt à le tuer. Voilà qui conférait vraiment une structure subjective à la collectivité. On riait de mon godemiché quand je le plongeais dans la lasagne. Oui, pensait-il, je suis ivre d'anticipation et pas le moins du monde découragé par sept occasions d'être réduit en miettes au cours des huit dernières heures.

Powell traînait sur le devant de sa boutique. Il ajustait une lame de rechange à une varlope en gaïac de vingt centimètres.

« C'est vrai, ce qu'on raconte? dit-il en regardant Skelton par-dessus ses lunettes.

— A quel sujet?

— Au sujet de la barque de Nichol.

— Et comment! » Tom sourit.

« Hum. »

D'un geste de la main, Powell balaya la sciure de l'établi, puis posa la varlope à côté de deux rabots extrêmement bombés en bois d'érable dur, dont les lames brillaient sous une couche d'huile Trois en Un.

« Vous construisez quelque chose en ce moment, James?

— Non.

— Ça vous dirait?

— De construire quoi, Tom?

— Une barque de guide.

— Vous avez de quoi la payer?

— Oui.

— Je suppose que ce vieux Dance va s'amener ici dès qu'il aura des nouvelles de son assurance.

— C'est une commande ferme que je vous fais, James. »

Posant le rabot, Powell prit un gros crayon de charpentier et un bloc venant de Tropical Sheet Metal, la tôlerie de Green Street. Skelton était ivre de plaisir.

Ils tracèrent les plans de la barque, suivant les lignes

fermes du rêve de Skelton et sans économiser le moins
du monde les chevaux-vapeur. Ils feraient venir une
coque nue en fibre de verre du continent, l'aménage-
raient et en assureraient la finition.

« C'est cette coque-là que je veux, James. Elle fatigue
un peu et elle a une étrave trop verticale, mais elle avance
bien à la perche et elle peut flotter sur un minimum
d'eau.

— Comment sera-t-elle quand nous la recevrons ?

— A l'état d'ébauche.

— Elle est dégrossie jusqu'à la ligne de tonture ?

— Non. Il y a un repère.

— Tout un paquet de lames de scie anglaise va y passer, j'imagine. Et le tableau ?

— Il fait cinquante-deux centimètres.

— Bon, je pourrai ramener ça aux dimensions qu'il
nous faut avec le rabot électrique. Et les viviers ?

— Ils sont incorporés. Ceux que j'ai vus étaient munis
de tirants en cinq endroits et directement soudés au
tableau.

— Très bien. On va dessiner ce truc-là. Vous voulez
une épaisseur d'un centimètre et demi ?

— Non, de deux.

— Dites donc, ça ira chercher loin. »

Skelton ne pouvait déguiser son bonheur. Quand on
croit qu'il n'y a rien, voilà justement une des choses qu'il
y a. Par exemple.

Il dessina à grands traits sur le bloc pendant quelques
minutes.

« Voilà comment je le veux à l'arrière : trois panneaux
d'écoutille, avec des gouttières chanfreinées de façon à
évacuer l'eau vers le puisard...

— Très bien.

— ...et toute la quincaille montée à ras avec emman-
chement dur...

— Très bien.

— ...avec peut-être un débordement d'un centimètre et demi au-dessus de la cloison arrière.

— Très bien.

— Dans les angles de cette cloison, on aménagera le système d'autovidage à tuyaux en plastique, qui passera à travers l'équipement frigorifique pour aboutir au puisard comme les gouttières.

— Très bien.

— Et maintenant, les plats-bords. Il faut qu'ils aient environ dix-huit centimètres de large et je les veux carénés depuis le pont avant jusqu'aux couvercles des viviers.

— Vous voulez tout ça flush? Pas de décrochement vers le pont avant?

— Non. Le combustible est à l'avant. Les commandes sont à l'avant. Et donc la cloison avant est ventilée. Et la décharge est à tribord, à quelques centimètres au-dessus du plat-bord.

— Très bien. Je vais calculer le montant des fournitures et vous me verserez cette somme à titre d'arrhes. Est-ce que j'ai votre numéro de téléphone?

— Je suis dans l'annuaire. Il y a quelque chose qui vous gêne? C'est une simple question.

— J'ai posé je ne sais combien de kilomètres de teck sur des coques arrondies. Cette barque est tout à bouchains vifs et abouts plats. Y a pas de Hollandais qui puisse rivaliser avec votre serviteur pour ce genre de travail. Alors gardez votre question pour un manchot si vous en connaissez. »

Skelton pénétra dans la véranda et jeta un coup d'œil sous la moustiquaire. Son père dormait à poings fermés, un livre d'Huizinga sur sa poitrine. Il semblait moins s'être assoupi que laissé tomber dans un sommeil pro-

fond, un sommeil de pierre dont il lui aurait été difficile de se réveiller.

Dans la cuisine, sa mère lisait Brillat Savarin, s'infor-
mant à propos de ce que son grand-père, le bondissant
Goldsboro, eût appelé de la nourriture de nègre. C'était
curieux de la trouver chez elle dans l'après-midi et en
tout cas de la trouver seule. Elle avait tant d'amis à qui
elle servait de confesseur et de conseiller. Son accueil
et les accès d'énergie qui l'accompagnaient créaient une
véritable accoutumance chez les personnes de son âge
dont elle était souvent la seule relation.

« Papa a l'air épuisé.

— Il l'est! »

Skelton la regarda, étonné. Ses cheveux étaient rame-
nés derrière en un chignon gris, vigoureux.

« Comment ça?

— Ton père a passé toute la nuit dehors.

— Vraiment?

— Tu es entré au moment où je m'étais décidée à te
le dire. Une demi-heure après et j'aurais changé d'avis.

— C'est la première fois qu'il sort?

— Non. Il y a des mois que ça dure. »

Skelton demanda avec appréhension : « Qu'est-ce
qu'il fait?

— Je suppose qu'il a une maîtresse. C'est bien la seule
chose qui réussirait à *me* tirer du lit après avoir fait
l'imbécile pendant sept mois. »

Elle adorait mettre Skelton sur des charbons ardents.
Chacun de ses mots tombait alors comme une pierre
sur du métal. Contre-attaque :

« Il pourrait accomplir des actes de charité chrétienne.

— Peut-être qu'il apprend à être guide de pêche, dit-
elle, renvoyant la balle.

— Ce n'est pas moi qui ne sais pas le retenir à la maison.

— Quelle autre méchanceté vas-tu me sortir?
— C'est toi qui as commencé. »
La colère monte et se dissipe.
Finalement, Skelton demande : « Quelle explication
donne-t-il?
— Il ne sait pas que je sais. Je n'ai pas... En vérité, je
ne sais trop que lui dire. Pour autant que je sache, il
est sorti toutes les nuits depuis qu'il s'est réfugié dans
ce...
— ...dans ce moïse. »

Nulle chienne tournant sa truffe avec espoir vers une
poubelle remplie de débris de tendres côtelettes d'agneau
n'éprouva jamais un sentiment plus vif d'heureuse fortune que Skelton à la pensée de sa barque, de Miranda
et des sorties nocturnes de son père. Sur ce dernier
point, évidemment, sa félicité n'était pas sans mélange.
Peut-être son père faisait-il l'amour avec une prostituée
dans les bas-quartiers de Duval. Peut-être s'appelait-
elle Mona et noyait-elle son homme au Bal des cunni-
linguistes au lieu de se borner à lui laver le visage
comme le promettait sa carte. Il est certain que les infi-
délités d'un fou vieillissant sorti d'un moïse de Key
West sont une triste perspective quand le fou en question
se trouve être votre propre géniteur. Mais il y a une vie
qui n'en est pas une, où les plus rebelles obstructions
du cœur se déguisent en deuil, rêves, ou ennuis de carburateur. Un homme qui se tait gaspille le tourbillon
de molécules qui est le sien. Tout comme une abeille qui
« fait son numéro sur la fleur » est aussi perdue pour
l'histoire que si elle n'avait jamais existé. La réalité et
son expression se rencontrent au point précis où le
Pays de l'imaginaire et l'Illyrie entrent en collision
avec le Livre de l'Apocalypse, sous ce déluge de fiente
de quiscale qu'est à tout moment le présent.

Skelton se rendait au bureau de son grand-père, dans Eaton Street, par une matinée si pleine de lumière et de chaleur que la chaussée semblait bourgeonner de moites automobiles. Sur son chemin, un charpentier occupé à reconstruire une véranda laissa échapper son pied-de-biche qui fit un bruit de cloche en tombant. Chaque souffle livrait des trésors nouveaux. Skelton passa devant la bibliothèque où les dames prévenantes qui gardaient la baraque saluèrent un homme porteur d'un perroquet dans une cage en émail blanc. La similarité entre les yeux ronds et brillants de la bête et ceux de son propriétaire ne pouvait échapper à personne. L'oiseau lança une remarque désagréable. Skelton ne put s'empêcher de lui faire un petit signe de la main, qu'il regretta aussitôt.

Il ne pouvait se douter que l'homme s'appelait Thomas Skelton comme lui (aucun lien de parenté), bien qu'il ait vu son nom dans l'annuaire et qu'il se soit demandé s'il n'était pas par hasard un parent éloigné de sa famille (mais non).

Lorsque, par une matinée extrêmement humide, le soleil se rassemble au-dessus de la ligne d'horizon brisée de Key West, une lumière d'orage inonde la ville et chacun circule dans un état de majestueuse flottaison à travers des rues qui sont les artères d'un monde empyréen. Mais l'atmosphère peut devenir aussi terriblement moite.

James Powell, le constructeur de bateaux, avait téléphoné pour faire connaître le coût des fournitures, et Skelton allait rappeler à son grand-père l'offre aimable de prêt que celui-ci lui avait faite.

L' « Immeuble Skelton », dans Eaton Street, était une maison en pans de bois de deux étages dont les pièces, jadis à usage domestique, constituaient aujourd'hui le bureau d'affaires le plus truqué du monde. La sténo, par exemple, travaillait dans une chambre du second bourrée de classeurs provenant d'un surplus militaire, cependant qu'un comptable, nanti du seul boulier qui existât à Key West, accomplissait sa besogne dans l'ancienne salle de musique, sous un plafond garni de putti et d'angelots dans un style à la Rubens inspiré du *Saturday Evening Post*. A une certaine époque, Goldsboro Skelton avait éprouvé le besoin de s'entourer de coffres-forts. Si bien qu'ils remplissaient des pièces entières, complètement inutiles avec leurs combinaisons perdues et leurs gonds rouillés. Dans le placard du vestibule, un trou aux bords déchiquetés marquait l'endroit où un petit coffre-fort Diebold Chicago Universal, à la porte ornée d'un arc-en-ciel, avait crevé le plancher avant de tomber dans la citerne où il avait probablement tué des grenouilles.

Dans le vestibule, directement en face de la porte d'entrée, Bella Knowles houspillait les visiteurs derrière un bureau bas en acajou dont la lisse surface se hérissait de cinq téléphones Princess, pareils à un modèle en relief des Caraïbes. Chaque fois que la porte s'ouvrait, elle se trouvait ainsi à deux doigts des gens qui passaient sur le trottoir, ses yeux au niveau de leur croupe.

Quant à Goldsboro Skelton, il dirigeait son bizarre et impalpable empire insulaire à partir d'un ancien water-closet, un de ces généreux water-closets de l'époque victorienne dont la tuyauterie et la délicate cuvette avaient été remplacées par des surfaces de travail où l'on pouvait signer les chèques et écrire les lettres d'affaires qui, dans une république plus parfaite que celle d'un pays comme celui du Tout-se-vend, constitueraient des extorsions passibles de la justice.

« Bonjour, Thomas, dit Bella Knowles. Je suppose que vous venez chercher de l'argent.

— ... Vous croyez?

— Ce n'est pas vrai?

— Quoi?

— Que vous venez chercher de l'argent?

— C'est à moi que vous parlez?

— Oui!

— Oh!... chercher de l'argent! Non, non, non. Je viens voir mon grand-père, Madame euh...

— Knowles.

— C'est ça. Et, euh, tout ce qui est susceptible de se passer entre mon grand-père et moi ne vous regarde pas.

— Voyons, voyons.

— Il est seul?

— Oui.

— Alors je peux entrer.

— Je vais le prévenir.

— Ce n'est pas la peine.

— JE VAIS LE PRÉVENIR.

— Je ne sais pas quelle mouche vous pique, Madame...

— Knowles.

— Hé! J'ai vu qu'on allait libérer le petit mari...

— Oui, parfaitement.

— Dites donc, ça a dû être affreux avec le, euh, le mec si longtemps absent.

— Affreux. »

A l'instant même où il franchit le seuil du bureau de son grand-père, Skelton se rendit compte qu'il était parti du mauvais pied. Il réprima vite son irritation en songeant que James Powell avait commandé les fournitures.

« Assieds-toi, Tom. Je suis à toi dans un instant. »

Skelton attendit debout jusqu'à ce que son grand-père, levant le nez de ses papiers, lui jette un regard interrogateur sans rompre le silence.

« Eh bien, le bateau est en route », dit-il avec, sans savoir pourquoi, une certaine gêne. Il y eut une pause.

« Je regrette, mais je ne comprends pas.

— James Powell va commencer à construire ma barque.

— Tout de suite?...

— Eh bien, tu m'avais dit que tu me prêterais l'argent.

— Quand ça? dit le grand-père précipitamment. Quand t'ai-je dit ça?

— L'autre soir, murmura Skelton d'une voix presque inaudible.

— Bon Dieu, attends une seconde, que je consulte mes livres de comptes!

— Si tu ne veux pas me prêter l'argent, tu n'as qu'à le dire. »

Goldsboro Skelton bondit de rage : « Je viens juste de payer ta caution pour te tirer de cette satanée prison. Qu'est-ce qu'on peut demander de plus à un vieil homme! »

Skelton sortit sans répondre, croisant Bella Knowles qui se précipitait dans le bureau. Lorsqu'il eut disparu, elle demanda : « Il voulait de l'argent? »

Allons, avoue-le, se dit Skelton, tu t'es fait baiser. Avec quel plaisir j'aurais flanqué mon poing dans la figure de ce vieux salopard. Ensuite, j'aurais arraché le fil électrique de la lampe, je l'aurais enfoncé dans le postérieur de Bella Knowles et j'aurais manipulé le bouton jusqu'à ce que son râtelier fiche le camp par le vasistas. Des choses comme ça, il pensait. Pas gentilles du tout.

Powell était dans sa boutique, occupé à fabriquer un beau petit coffre de fardage avec des chutes de teck, noyant les vis et les chevillant avec des goupilles d'acajou. Skelton était atrocement gêné.

« James...

— On va recevoir la coque tout à l'heure.

— Je crains que non.

— Pourquoi? Qu'est-ce qu'il y a?

— Toute l'affaire est à l'eau, James. Je suis désolé. »
Powell posa ses outils avec une certaine irritation.
« Que se passe-t-il?

— Je n'ai pas l'argent.

— Quoi! » Powell lui éclata de rire au nez.
« Je regrette, mais je ne l'ai pas.

— Votre grand-père a tout payé d'avance ce matin,
fournitures et main-d'œuvre. »
Skelton reprit le chemin du bureau, résigné à une
journée de confusion.

Myron Moorhen le comptable se tenait derrière la
fenêtre de la remise à appâts, raclant la vitre de l'ongle
et contemplant la pluie. Elle tombait si fort qu'elle
semblait immobile. Les pneus crissaient sur la chaussée.
C'était une chaude journée d'hiver.

Enfoncé dans un siège près de la glacière, Carter
faisait tourner un penny entre ses doigts. Nichol Dance
était debout dans l'embrasure de la porte grande
ouverte; la pluie drue tombait juste au-delà de son nez
comme un rideau.

« Tu te dégonfles, dit Carter.

— Pt'êt' ben, répondit Dance avec découragement.

— Maintenant, t'es plus dans le coup. Qu'est-ce que
tu vas faire? »
Dance se retourna lentement, excédé. « Caddie. Je
serai le caddie de Jack Nicklaus. Je porterai un pull à
encolure en V et la nuit, je me branlerai dans un mouchoir. Ma vie sera simple mais il n'y manquera rien.

— Allons, Nichol.

— Qu'est-ce que ça peut te faire?

— Ça me fait que je ne donne pas dix jours avant que
tu caresses à nouveau la bouteille et qu'on te retrouve

à Snipe Point en train de chercher à te tirer une balle dans la peau.

— Pt'êt' ben.

— Je trouve ça révoltant.

— Pt'êt' ben.

— Tu lui as bien interdit d'être guide?

— Ouais, je lui ai interdit.

— Alors, comment ça se fait que James Powell lui construise une barque de guide? Toi, t'as pas les moyens d'en faire construire une et donc c'est lui qui va guider.

— Je lui ai pas interdit de se faire construire une barque.

— Et qu'est-ce que tu crois qu'il va faire avec?

— J'sais pas, ramasser des casiers à crabes. Qu'il aille se faire foutre si c'est ça qu'il veut. On est dans une démocratie, non?

— Bon Dieu, je te comprends pas! Qu'est-ce que tu comptes faire quand il sera guide et c'est mon avis que pour être guide il le sera quand ce bateau sera prêt?

— Je te l'ai dit, répondit Dance d'un ton impatient. Je lui tirerai dessus!

— C'est ce que tu prétends!

— Dis donc, Cart?

— Quoi?

— Pourquoi que tu le fais pas toi-même puisque tu te montes tellement le bourrichon?

— Je l'aime bien, moi! » Carter s'affaira autour de la glacière, l'ouvrit sans raison et en retira un bloc de glace qui emprisonnait une myriade de poissons argentés. Il le leva pour le contempler à la lumière. « Alors, tire! »

« Eh bien, sergent, comment ça marche avec les nouvelles recrues?

— Pas mal du tout. » Le sifflet dont il venait de se servir

était suspendu à son cou, éloquent scapulaire de cette religion du une-deux, une-deux, pratiquée dans le pays du Tout-se-vend pour se rendre du point A au point B.

Le vacarme des poivrots dans les sonores escaliers de l'hôtel en bois, l'expression de leur physionomie, leur lente ronde inexorable dans la cour impressionnaient Skelton davantage que l'expulsion hors des rangs des blessés et des bafoués, victimes des obscurités de l'exercice si indispensables à ce grognement de cochon orchestré qu'on appelle le militaire. Un petit contingent de ces pauvres bougres désarmés se déversa sur le terrain de manœuvres improvisé. Aux aboiements et aux coups de sifflet du sergent, ils s'ébranlèrent comme un seul homme.

Deux hommes ayant certains points communs commençaient la journée sous les brillants nuages que poussaient dans le ciel les alizés. Thomas Skelton, assoiffé d'affinités, allait rendre visite à Miranda Cole. Nichol Dance, qui regrettait si amèrement sa vie et ce qu'il en était résulté qu'il cherchait à faire passer son ego plutôt compliqué par le chas de l'aiguille d'une carrière de guide, se rendait à Islamorada pour se procurer une barque.

L'avenir jetait une ombre lumineuse sur le passé chaotique de Thomas Skelton. Pour Dance, c'était le passé qui jetait l'ombre. Les deux hommes étaient pareillement en proie à des mirages. Thomas Skelton avait besoin de se sentir mortel. Et, par une ironie du sort, c'est Nichol Dance qui lui en procurait l'occasion. Car il comprenait parfaitement bien qu'il y avait une chance, si faible fût-elle, que Nichol Dance le tue. Désormais, cette ombre légère s'étendait sur son existence, aussi discrète que l'ombre du cancer plane parmi les cellules. Et il se demandait, sans penser précisément à un acte de Dance : me sera-t-il difficile de mourir ?

Un homme normal qui pense à la mort, même par hasard, devrait aller voir une femme sur-le-champ, qu'il soit en quête d'informations, d'affinités ou de satisfactions charnelles. On a besoin d'un port dans la tempête et qu'est-ce que la mort sinon un ouragan omniprésent ?

Miranda occupait le second étage d'une demeure de style grec, en bois de pin et d'un blanc virginal, qu'un constructeur de navires avait fait bâtir d'après un souvenir de manuel de lecture du XIXe siècle.

Le samedi matin, elle faisait de la pâtisserie et vint ouvrir, ceinte d'un tablier maculé de farine. Skelton la suivit vers la cuisine, contemplant les pièces au passage. C'étaient des pièces hautes de plafond, aux murs rectilignes et aux grandes fenêtres à imposte, qui restaient fraîches en raison de leur caractère spacieux et aéré. (Les astronautes, dans leur « capsule », ont le nez dans leur contre-cul alors que le capitaine Nemo s'asseyait derrière un piano-orgue rehaussé d'or moulu : si les astronautes ont une capsule, Nemo, lui, avait un Duomo.)

La dernière pièce, à côté de la cuisine, était celle qui avait l'air le plus habitée, avec sa petite table de salle à manger en noyer et son divan regarni de neuf. Sous la table, on pouvait voir ces petites pyramides de poussière des termites qu'il faut, à Key West, balayer presque quotidiennement.

« Je suis en train de faire un gâteau pour le Concours Pillsbury. » Une belle cuisine ancienne. De grandes fenêtres donnant sur des ruelles subtropicales. Un ventilateur en bois à quatre pales suspendu par une chaîne de perles, qui pour l'instant ne tournait pas vite, mais brassait une merveilleuse quantité d'air chargée de bonnes odeurs de pâtisserie. La cuisinière était une cuisinière de restaurant Magic Chef datant d'une trentaine ou d'une quarantaine d'années, avec des feux en étoiles noires, un tableau de bord pareil à celui d'une Hispano-Suiza et deux fours, le tout recouvert d'un émail opalin souligné par une fine bordure bleue.

« Quel genre de gâteau est-ce?

— Un gâteau de mon invention.

— Mais qu'est-ce que c'est?

— Hum, eh bien, ça ressemble à un moka genre gâteau de Savoie, sauf que j'ai fait un glaçage viennois à ma façon. J'oublie, est-ce que tu sais cuisiner?

— Quelques plats cubains.

— Je crois qu'on peut aller jeter un coup d'œil dessus maintenant. »

Elle ouvrit le four, Skelton à ses côtés. Le beau gâteau, sur la plaque, montait uniformément. Mais quelque chose n'allait pas. Miranda poussa un cri. Une souris avait pénétré dans le four et se trouvait prise dans le gâteau. Sous l'effet de l'appel d'air, elle se mit à flamber.

Saisissant une paire de poignées, Miranda sortit vivement le gâteau du four et le plaça sur la cuisinière. La souris flambante fuma, puis se consuma et, pour finir, devint une sorte d'emblème carbonisé au sommet du gâteau. Moka au muridé.

« Bon Dieu! s'écria Miranda.

— Je suis navré.

— La garce!

— Je sais, je sais. C'est triste. »

Miranda décapita le gâteau. Elle découpa dans le reste deux tranches épaisses qu'elle mit dans des assiettes sur la table, avec un verre de lait. Ils s'assirent et mangèrent le gâteau. C'était une sorte de gâteau mousseline au café, avec une pointe de citron et de beurre. Clair et immatériel.

Les mains de Miranda reposaient sur la table, l'une le poing fermé, l'autre grande ouverte sur la surface de noyer, une belle main aux ongles courts, transparents, une partie d'elle-même qui exprimait toute sa présence physique.

L'après-midi s'achève dans un flamboiement de soleil couchant et l'odeur du café. Skelton contemple un triptyque en riches tons pastel préraphaélites : une bande de ciel bleu, une bande de nuagelets se déplaçant lentement vers la droite, les orbes profonds des fesses de Miranda. Il lève sa joue posée contre la ferme musculature du dos de sa compagne, au creux des reins, et, religieusement, effleure de ses lèvres l'articulation du coccyx. Une caresse à la pointe de la hanche et elle se retourne, ses yeux gris errant vers l'éclair blanc d'une mouette dans le haut de la fenêtre. Skelton perçoit le contact délicat du nombril contre ses narines, le ventre chatouillé se contracte, sous ses yeux se déploie une lumineuse surface de léger hâle. Son menton frôle un mont de Vénus doté de sa propre fossette, sa joue glisse sur quelque chose de grenu et enfin un horizon hirsute se révèle au-dessus d'une fente liquide. Geronimo!

Des oiseaux envahissent soudain la fenêtre, roucoulante assemblée, et se dispersent dans une cascade de trilles. Sur la table de la cuisine, un morceau de gâteau surmonté d'une souris emblématique en noir a l'air d'une carte de visite échappée de quelque fiction.

Puis une pénétration facile, en douceur, et sur le visage de Miranda, de funestes ombres d'extase douloureuse. Et Skelton, pris de vertige dans une existence où toute dimension s'abolit, accède enfin à la fission procréatrice qui s'illumine tel un arbre d'argent dans sa tête enténébrée.

Dix minutes après, allant dans la salle de bains pour se laver le visage, il glisse sur le carrelage, essaie de se retenir et tombe dans la douche.

« Tu t'es fait mal?

— J'ai glissé.

— Attends, je viens... »

La voilà maintenant dans la douche avec lui. Ils glissent et essaient de se retenir contre la porcelaine. La fenêtre de cette pièce est plus petite et ne trouble en aucune façon le vertige embué de filles à demi dévoilées où baigne Skelton. Un violon dans son souvenir joue *Lovesick Blues*. Il tend la main pour s'accrocher à quelque chose, fait tomber le rideau de la douche, s'écroule sous une avalanche de licornes de plastique. Le rai de lumière vespérale qui pénètre par la petite fenêtre passe très loin de la douche dans sa trajectoire. La lumière incendie le vestibule, géant qui projette à l'intérieur de la maison sa torche électrique. Un exemplaire enroulé du *Key West Citizen* heurte la porte avec le bruit d'une balle de tennis qu'on lance, la première d'une volée... L'air glougloute de bruits de circulation. Skelton songe que ce qu'il aimerait, c'est un Cœur sincère avec qui aller au ciel.

« Votre grand-père a fait opposition au chèque, dit James Powell. J'ai dû payer toutes les fournitures de ma poche. Je crois même que je suis bon pour cette satanée coque. » En effet. La coque était là, neuve, encore mal dégrossie, mais délicate comme un coquillage, un nautile. Semble qu'il va falloir étrangler le vieux salaud et le balancer dans la citerne avec ses coffres-forts plus bons à rien. Peux pas avoir l'air déprimé. Peut-être que Bella Knowles recevra sa décharge de courant domestique après tout. Fausses dents volant au-dessus des toits de Key West.

« Je vais me renseigner, James. Je vous promets que tout ça sera payé. »

Powell était fâché. Il arborait une expression de surprise scandalisée devant l'avarice d'autrui, émotion qu'il est impossible d'éprouver légitimement et qui dégage par conséquent toujours comme un doux encens de supercherie. « J'ai téléphoné à Nichol Dance pour lui dire que j'étais prêt à lui construire un bateau. Mais ce bougre d'imbécile est allé en acheter un à Islamorada et j'ai bien peur que vous m'ayez réglé mon compte, vous et votre vieux pingre de grand-père.

— Écoutez, James, comme je vous l'ai dit, tout ça va être payé, à moins que vous ne préfériez qu'on classe l'affaire.

— Non, j'ai pas dit ça! Tout ce que je dis, c'est que les choses traînent quand on vous fait marcher comme ça. J'ai trop à faire pour qu'on me joue ce genre de tours. Ça commence à bien faire!

— Je comprends. Mais écoutez, vous allez continuer, vous allez construire cette barque jusqu'au bout, parce que je vous promets que vous serez payé jusqu'au dernier centime. Vous savez que je vous dis la vérité, n'est-ce pas? »

« Quelle heure est-il?

— Six heures.

— Tu viens avec moi chez mes parents?

— Oui, d'accord.

— Il faut que j'aie cette barque. Je commence à me faire vieux, tu sais. »

Miranda soupira. « J'aimerais bien comprendre.

— C'est la seule chose que je sache faire à peu près bien. C'est aussi simple que ça.

— Et la biologie? Tes anciens professeurs m'ont dit que tu étais doué.

— Ils ont dit ça? Tiens, tiens. Oui, c'est vrai que j'étais bon en biologie. Mais il n'était pas nécessaire que je fasse toutes ces années d'études pour me rendre compte que j'aimais simplement l'eau salée, à un niveau phénoménologique tout ce qu'il y a de plus élémentaire. Je préfère la pêche à l'ichtyologie parce qu'elle n'a aucun sens et ne demande que de l'intuition. Il n'y a rien en biologie qui puisse se comparer à ce mélange particulier de bruit et de mouvement qu'offre la pêche au thon dans le Gulf Stream. Est-ce que tu connais ce restaurant ?

— Le Quatre-Juillet ? Non, d'habitude je vais au O.K.

— On y sert une bonne omelette à la langouste et un bon flan qui nage, tu sais, dans le caramel. Il y a vingt ans, mon grand-père s'est fait tirer dessus par un Cubain dans ce parking. Il en a réchappé. »

Des officiers de marine passèrent dans une voiture d'état-major, lorgnant Miranda qui, très visiblement, ne portait rien sous sa robe. Comme un gamin, les garçons de sixième se précipitent pour tendre la craie, le capitaine de frégate Merkin, du porte-avions d'escorte *Invincible,* se tord le cou, songeant dans l'éclair d'un rêve qu'il planterait bien vite là, s'il le pouvait, l'idylle annapolinienne [1] de meurtre sur les océans pour déployer avec son sifflet de maître d'équipage toute une armée de spermatos dans la gentille petite soute à bombes que la jeune demoiselle sûrement dissimulait sur sa personne. Tandis qu'il filait vers le quartier général, il leva une main manucurée vers sa nuque douloureuse et chassa de sa pensée toutes ces foutaises.

Skelton hésita un instant à mettre Miranda au courant des menaces de Nichol Dance. Puisqu'il avait fait allusion à son projet utopiste concernant la pêche, il serait peut-être honnête de mentionner aussi cet élément. Un homme-sandwich passa. Devant, il arborait un portrait du Paraclet et, derrière, le mot MAINTENANT. Raid cérébral de cryptogrammes urbains.

1. Annapolis est célèbre pour son Académie navale, qui forme les officiers de la marine militaire américaine et du corps des marines. *(N. d. T.)*

« Un homme a dit que si je devenais guide, il me tuerait.

— Quoi ?

— C'est ce qu'il a dit. »

L'irruption de la violence dans une activité aussi gratuite que le sport fit courir un léger frisson le long de la moelle épinière de Skelton : on se battait à coups de poing pour des trous de golf, des mordus du tennis se lançaient des coups de pied dans les mollets avec des chaussures renforcées à bout d'acier, des kamikazes enragés du ping-pong lacéraient le visage de leurs ennemis avec des raquettes sanglantes, des adeptes du tir au pigeon criblaient de plombs des fillettes, des champions du jeu d'échecs décodaient tranquillement le cerveau de leurs adversaires. A côté, le joueur des bateaux du Mississippi qui portait son pistolet à amorce et marteau de calibre 41 suspendu à une courroie de cuir passée sous la chemise à jabot de dentelles et qui pratiquait un poker fou, alignant valets borgnes, rois-à-la-hache, cinq-et-putains, paraissait tout ce qu'il y a de plus correct !

« J'aime bien l'idée de vivre derrière un mur dans cette ville bruyante », dit Miranda. Skelton poussa la porte de la grille : un berceau de verdure, des lézards en fuite, les cris d'un oiseau dans le cachimentier, la géométrie à la Vinci d'un laurier-rose sauvage.

« Tu n'as qu'à penser à la *Maison aux sept pignons*[1] et ça te plaira ici. C'est une petite maison américaine située dans une autre dimension temporelle. »

Dès qu'ils eurent franchi la grille, ils aperçurent la mère et le grand-père de Skelton, près de la porte de la cuisine, qui leur faisaient impérativement signe de les rejoindre. Ce qui indiquait très clairement qu'ils devaient passer sur la pointe des pieds près du lit

---

1. Célèbre roman de Hawthorne. *(N. d. T.)*

drapé de sa moustiquaire, pareil, dans la spacieuse
véranda verte et blanche, à un solitaire îlot.

« Miranda, voici ma mère.

— Bonjour, Miranda », dit la mère de Skelton, avec un
sourire qui réduisit ses yeux à deux fentes inscrutables.
Mais le regard inquisiteur n'échappa pas à Skelton.

« Et voici mon grand-père. » Le grand-père de Skelton prit une main de Miranda dans les siennes comme
on saisit un petit animal lequel, lorsqu'on retire ensuite
tout doucement la main qui le recouvre, vous contemple
avec curiosité. Il se pencha sur elle, tel un poulet sur un
grain de riz. « Thomas, dit la mère de Skelton, ton père
a eu une sorte de crise. Il s'est mis dans la tête que quelqu'un va te tuer si tu deviens guide...

— Quelle idée! » Skelton jeta un coup d'œil à Miranda
pour la mettre en garde.

« ...et il a fait annuler le chèque à ton grand-père.

— Ouais, je m'en suis aperçu.

— Ne te fais pas de souci pour ça, dit le grand-père,
ce ne sera pas difficile à réparer.

— La question est de savoir d'où lui est venue cette
idée.

— Je ne vois pas, dit Skelton.

— Nous si, rétorqua le grand-père.

— Il fait la foire tous les soirs maintenant, dit la mère
de Skelton, et il est au courant de tous les potins et de
tous les bruits stupides qui courent dans Key West...

— Ce qu'il fait, où il va, reprit le grand-père du ton
d'un héros de feuilleton d'espionnage, aucun de nous ne
peut le dire. Mais il est en liberté et ça ne me plaît pas.

— Je croyais que tu voulais à tout prix qu'il quitte son
lit.

— Oui, mais pas comme cela, Tom. Pas comme un
voleur... comme une créature de la nuit.

— Une créature de la nuit!

— Il nous a déjà fait ça pendant la guerre, dit la mère de Skelton. Il est allé à Fort Benning... » Elle s'interrompit brusquement, fixant l'espace devant elle avec une sorte de colère. Si seulement elle avait pu oublier jusqu'à cette minute !

« Ta mère a parfaitement raison. Il se conduisait comme un je-ne-sais-quoi. Il a été arrêté pour s'être battu à l'épée ! Il fréquentait des criminels ! Et encore je ne parle pas du pire.

— Qu'est-ce que ça peut faire ! dit la mère de Skelton. Dites-lui tout.

— Il y avait une maison mal famée.

— Et alors ? demanda Skelton.

— Elle lui appartenait de la cave au grenier, les putains y compris. » La mère de Skelton détourna les yeux. Le grand-père la scruta attentivement. « Je veux dire les femmes galantes. »

Skelton regarda Miranda. Ça faisait au moins vingt ans qu'il connaissait l'existence du lupanar. Mais pourquoi fallait-il qu'ils en parlent devant Miranda ?

« Un vrai lupanar ? » demanda-t-il à son grand-père. Qu'ils s'amusent donc !

« Pas vraiment, dit son grand-père avec un sourire condescendant, laissant percer à son insu sa compétence en la matière. C'était simplement une ancienne demeure conche qui tombait en ruine, avec cinq ou six grues ambitieuses de Miami. » Il regarda sa bru et cligna de l'œil. « Même elles ne pouvaient le supporter. Il avait une fille d'Opa-Locka qui faisait la danse du ventre et même elle le trouvait stupide.

— Il organisait des pseudo-raids aériens, dit Mrs. Skelton. Des exercices d'incendie pendant lesquels il courait d'une pièce à l'autre en aspergeant ses propres clients.

— C'était grotesque. Sur les murs, il y avait des portraits de Jim Thorpe. La Promesse du Boy-Scout. La

Constitution. Une bibliothèque anarchiste dans le salon. Des statues de saints. Un mannequin habillé en pape. Vous parlez d'un bordel!... Non, vraiment, il exagérait. Des siphons. Des tartes à la crème. Personne ne va à un bordel pour ça! Il y a qu'à rester chez soi à regarder la télé. Les filles en avaient marre dès que les tartes commençaient à voler. A cause des siphons, elles attrapaient toujours des rhumes. C'était grotesque.

— Il faisait du trafic d'armes, poursuivit la mère de Skelton d'une voix monocorde. Et vous avez raison pour ce qui est des rhumes.

— Oui, oui, dit le grand-père. Il pêchait la crevette!

— Il faisait le chauffeur de taxi. La seule chose à laquelle il n'ait pas pensé...

— C'était à devenir guide, s'exclamèrent en même temps Skelton et son grand-père.

— Allez le réveiller maintenant, dit la mère de Skelton. C'est l'heure. »

Skelton pénétra sous la véranda et secoua le cadre en bois de cèdre de la moustiquaire. Un moment, il songea à révéler à son père que tout le monde savait qu'il était une créature nocturne, mais décida de n'en rien faire parce que ça n'aurait aucun intérêt.

« Je suis éveillé.

— Bonjour, papa. Je te présente Miranda.

— Très heureux, Miranda.

— Bonjour.

— Qu'est-ce qu'ils vous ont raconté là-bas?

— Pas grand-chose.

— Ils vous ont parlé de mon lupanar, n'est-ce pas?

— Oui.

— C'était un modèle d'hygiène. Accouplement avec tout le rituel possible et imaginable, surprises de l'amitié et de la maladie, camaraderie d'hôpital militaire, orgasmes. Miranda, avez-vous jamais été une prostituée?

— Non, jamais.

— Vous en feriez une épatante.

— Merci.

— Je suis content que vous le preniez comme un compliment. De très chères personnes sont venues à moi du monde de la prostitution. C'est une occupation que je comprends très bien.

— Aucun d'entre nous n'a jamais eu de bon sens dans la famille, dit Skelton, sauf ma mère, et nous commençons tous à l'assommer.

— C'est un violon que vous avez là, Mr. Skelton? demanda Miranda.

— Oui.

— Vous voulez bien me jouer quelque chose?

— Je ne sais pas jouer. De temps en temps, le violon joue tout seul et je m'attache à ses parties qui bougent. Pour l'instant, il dort et s'il remue, c'est comme un chien dans son sommeil. »

Parfois, quand un poivrot vient de faire la bringue, le résidu de raisin qu'il a dans son « système » le rend aussi incontrôlable que s'il avait reçu des rafales semi-mortelles de balles dum-dum dans la caboche. De plus, sa morale boite comme un cheval atteint d'éparvin. Il regarde ses voisins, si voisins il y a, d'un œil noir. La cruelle folie du vin le tient. Et il ne s'agit pas de cette poétique Olympiade de la libido due aux premiers effets de la boisson, qui s'achève par un glissando d'onde alpha dans le sommeil et d'où il a toute chance de s'éveiller ailleurs que dans ce frénétique empire de Mutuelles à la Omaha, avec ses ruées de rhinocéros qui viennent s'écraser la gueule contre la Land Rover de la vie. Surtout pas si le vin en question est un des rêves chimiques de ces consortiums industriels de notre république consacrée aux loisirs, qui fabriquent et mettent en bouteilles des liquides étranges, opaques, couleur de mers de Micronésie ou de queues de météores. On appelle ces infects breuvages des « boissons » et ils n'existent pas que dans de pimpants flacons festonnés de grappes, ils existent aussi conceptuellement, dans les carnets de techniciens, sous forme de diagrammes de chaînes d'hydrocarbures qu'on peut microfilmer si une autre « vinifacture » s'avise d'en voler les secrets. C'est là, comme on peut l'imaginer, un des ennuis que nous avons avec notre république.

Un de ces poivrots s'était soulagé à l'intérieur de la carlingue de Skelton, qui le trouva endormi sur un lit de ses propres immondices. Il réveilla l'individu. Le poivrot, qui avait le visage subtilement intelligent d'un traducteur non professionnel ou d'un roi local du bégonia, contempla le désastre et s'écria, tout en cherchant à parer les premiers coups : « C'est moi qui ai fait ça ?

— Il semblerait. »

Une longue pause.

« Qu'est-ce que vous allez faire ?

— Nettoyer.

— Mais à moi, qu'est-ce que vous allez me faire ?

— Vous avouer que vous me décevez.

— Mais comment puis-je vous décevoir ? Vous n'attendiez rien de moi. »

Sur le coup, Skelton ne sut que répondre. « J'ai foi dans l'humanité en général, finit-il par répliquer.

— Oh ! ça va ! J'suis un ivrogne malade et j'ai pas besoin de tous ces boniments.

— Qu'est-ce que vous voulez ?

— Rien. Mais en abondance [1].

— Bon. Eh bien, je vais te dire en tant que propriétaire

1. Allusion à un air célèbre de *Porgy and Bess* : « *I want plenty of nothing* ». (*N. d. T.*)

de ces lieux ce que je compte faire. Je vais d'abord flan-quer ta triste carcasse dans la rue pour pouvoir nettoyer ton sacré bordel.

— A la bonne heure. Nous voilà à la dernière extré-mité, mon pote. Et le moment est venu d'entamer le dialogue.

— Je n'en ai pas envie...

— D'amorcer la polémique.

— Vous avez saccagé ma maison.

— Justement. »

Cette scène rappelait à Skelton de terribles souvenirs d'école. Pourquoi, se dit-il en regardant de tous les côtés, cet épisode me cherchait-il ?

Nichol Dance fit glisser sa barque de la remorque sur la rampe et l'amena à la main jusqu'à son mouillage, où il l'amarra. C'était une barque si ancienne qu'elle avait des plats-bords en bois dur de Cuba. S'il y a une chose qu'on ne me fera pas faire, pensait-il, c'est repartir à zéro. Je suis prêt à écouter tous les plans de résurrection qu'on a à me proposer. Mais repartir à zéro est hors de question. Il jeta un regard sur la barque. J'aurai de la chance si ce misérable bois pourri flotte.

Samedi soir. Grâce aux bons offices de Carter, la Chambre de commerce avait acheté une journée de pêche à Dance dans le cadre de ses activités touristiques. C'était le prix d'un concours qui allait se dérouler tout à l'heure sur la place de Mallory.

On avait demandé à Dance d'être là pour remettre au gagnant le bon qui donnait droit à cette journée de pêche.

Ils étaient vingt, alignés face au public derrière la longue table de bois. Des commissaires se tenaient debout à chaque extrémité, chronomètres en main. La place de Mallory était pleine de rires, de coups de klaxon et de timbrés. Des gens de l'Ohio coiffés de chapeaux qui avaient servi à abriter des œufs de poule pendant tout l'hiver formaient des groupes. Des Californiens aux superbes favoris évoluaient avec un aplomb tout cosmopolite. La Kontre-Kulture était partout, roulant des yeux, tripotant des bijoux de prix. Dans quelques minutes, on allait voir la république à l'œuvre.

Non loin de là étaient rassemblées les roulottes de cuisine dont les plaques d'étuve dégageaient, même dans la touffeur ambiante, une chaleur moite.

Dance avait bu un petit Lem Motlow Number Seven. Et il observait anxieusement la scène, jaugeant les vingt concurrents qui étaient venus de toute l'Amérique, essayant de deviner lequel d'entre eux allait être confiné avec lui dans la barque. Nul, semblait-il, ne pouvait ignorer le grand rouquin squelettique qui trônait à un bout de la table. Il était du Montana et s'appelait Olie Slatt. Le petit discours qu'il prononça pour se présenter, comme devaient le faire tous les candidats, était le plus intéressant.

« Je suis Olie Slatt, dit-il. Mettez-vous bien ça dans la tête. Je travaille dans une mine de lignite à faible teneur en soufre située dans les monts Bull de Roundup, au Montana, où il faut faire sauter à la dynamite une épaisseur de grès de six mètres pour atteindre le filon. Il y a deux terrils à huit versants et quatre dispositions différentes de strates. J'en suis sacrément fier et aujourd'hui, je vais gagner. Mettez-vous bien ça dans la tête. »

Olie Slatt avait des supporters parmi le public qui se mirent à hurler : « La vache! La vache! » avec ardeur.

Il y avait d'autres candidats plus engageants, c'est sûr, même aux yeux de Dance, mais aucun qui possédât les mâchoires immensément formidables, de véritables mandibules d'insecte, de ce rouquin.

Les trois femmes s'étaient groupées. Nul ne pouvait savoir quelle allait être leur performance, mais tout le monde sentait que leurs résultats collectifs seraient impressionnants. Elles se consultaient entre elles, ces femmes, comme si elles avaient l'intention de concourir en équipe.

Nichol Dance tenait le bon et il le faisait passer d'une main dans l'autre pour éviter qu'il ne soit sali par la sueur.

Avant qu'il ait eu le temps de s'y préparer, le concours commença. Brusquement, des hommes en uniforme sortirent des roulottes et s'approchèrent de la table, portant de hautes piles de tartes. Dès qu'elles furent mises en place, suivant les goûts des concurrents, les arbitres levèrent leur pistolet.

Au signal, les vingt participants se ruèrent sur les tartes. Un moment après, les moins rapides en avaient avalé cinq. Puis, au bout d'un autre moment, le premier à vomir, une femme, se leva, les cerises gélatineuses, quasi entières, de la tarte « au fruit de son choix » dégoulinant sur sa poitrine.

Et très vite ce fut fini. On écarta brutalement les perdants de la table et le rouquin resta seul. Pendant le bref laps de temps qui s'écoula avant qu'on le déclare gagnant, il regarda autour de lui d'un air à la fois incrédule et ravi. Puis, toute hésitation disparue, il se leva majestueusement pour beugler sa victoire à travers un formidable ouragan de miettes, ses mandibules d'insecte grandes ouvertes.

« Ah! la pêche, y a que ça qui compte pour moi! s'écria-t-il lorsque Nichol Dance lui remit le bon. Je suis le roi de tous les pêcheurs et j'ai sacrément envie d'aller pêcher avec vous... » Sur ces mots, il se mit à vomir, inondant ses vêtements.

Et Dance, pris de panique, s'enfuit en lui disant :

« Eh bien, j'attendrai que vous me fassiez signe sur le quai. Et j'espère que ça ira mieux! »

« Regarde, tu vois cette chemise marron et cette peau recuite, tu le vois? Il va s'en aller...

— Je le vois, je le vois! s'écria Miranda. C'est le premier tueur que j'aie jamais vu. Est-ce qu'il a déjà appuyé sur la détente?

— Peut-être...

— Il devrait être en prison si tu veux mon avis.

— Il y est une bonne partie du temps.

— Tu ne le hais pas?

— Je l'admire. Il n'y a rien de tel que de sentir que nos jours sont comptés. C'est vrai pour tout le monde, mais à cause de lui, je le sais avec une certitude plus absolue, quand bien même je devrais vivre jusqu'à cent ans. Cet après-midi, j'ai eu cinq orgasmes, ce qui aurait été impossible s'il n'y avait pas eu quelqu'un dans les parages qui voulait ma peau.

— Que préfères-tu compter, tes jours ou tes orgasmes? demanda Miranda.

— Pourquoi, c'est au menu?

— La seule chose qui soit au menu pour l'instant, c'est de progresser. Le reste est à la carte. Que recommandes-tu? »

Cette fille est maligne, se dit Skelton, un peu d'esbroufe s'impose. « Suivant les jours, dit-il, la *spécialité de la maison*[1] est la grue aux amandes ou diverses fricassées d'espèces en voie de disparition garnies de *pommes frites*[2]. Moyennant pourboire, le maître d'hôtel peut faire déblayer votre table avec un bulldozer pendant que vous dînez. Et j'ajouterai que, le samedi soir, on peut faire le tour des cuisines, où toute la cuisson s'effectue

1. et 2. En français dans le texte. *(N. d. T.)*

par explosion de napalm contrôlée. Comme dessert, il y a de l'omelette norvégienne et, *naturliche*, on peut toujours se faire servir en supplément quantité de mollusques mijotés dans leur jus, qui ne le cèdent en rien aux *calamares in su tinta* des Basques. Pour l'amateur de salades, un buffet d'effeuillement fonctionne en permanence !

— J'en ai l'eau qui vient à la bouche. »

La vérité est que Skelton était remonté à bloc comme un coucou. Et le bagout frénétique qu'il venait de déployer devant Miranda était quelque chose qu'il cherchait à éviter depuis longtemps. Peut-être Dance en était-il la cause.

Il n'arrivait plus à faire le lien entre la vie de son père, celle de son grand-père et la sienne. Pourtant, il comprenait maintenant que c'était un but qu'il avait toujours poursuivi. Tout venait, mais sans aucun ordre.

Miranda l'amena voir des amis à elle qui vivaient à Petronia. Des drogués, deux hommes et une femme. Skelton les observa tandis qu'ils valsaient dans la pièce à s'en rendre gaga tout en faisant des gags de walkie-talkie au téléphone avec la vague idée de commander des mets chinois ou des pizzas. Un narguilé brûlait sur le sol et le propriétaire de la maison, un inoffensif minus en djellaba exhiba, pour régaler Skelton, sa collection de « gouttelettes ».

Il plaça à ses pieds une boîte de chaussures en carton. Elle contenait, découpées avec le plus grand soin, des photos de gouttes d'eau coulant le long de boîtes de conserve et de bouteilles destinées à la publicité.

« C'est ce qu'il y a de plus dur dans l'art publicitaire, faire couler ces gouttes de façon que ça rende bien en photo. Il faut mouiller tous ces sacrés trucs, puis tracer le chemin de la goutte avec un cure-dent. Ensuite, tu fais démarrer ta goutte en haut de la bouteille ou de tout ce que tu voudras et, quand elle commence à gagner de la vitesse, clac, tu prends ta photo. Il faut essayer des milliers de cure-dents avant d'en trouver un qui soit bon. C'est dé-ment! »

Skelton regarda à l'intérieur de la boîte à chaussures : il y avait des dizaines de milliers de gouttelettes — parabole de toute une civilisation. Ces gens-là ne pouvaient pas le sauver.

« Je m'excuse de venir si tard. Pourriez-vous me donner une douzaine de crevettes vivantes ? »

Dans l'îlot Geiger, avec Miranda, chez Marvin, le marchand d'appâts. Quand on passait chez le vieux Marvin à une heure inhabituelle, il vous disait que vous aviez quand même bien fait de passer, car l'an prochain, à la même heure, il serait en enfer. C'était un homme plein d'esprit, de religion très orthodoxe, qui considérait sa perdition prochaine comme une mauvaise farce particulièrement comique. Ayant travaillé pendant vingt ans dans une mine des Appalaches lorsqu'il était jeune, il avait les poumons voilés et soufflait quand il faisait le tour du bassin en traînant son panier d'appâts.

Il déposa les crevettes, à la lueur d'une torche électrique, dans le seau de Skelton. Les crevettes s'élancèrent à reculons, leurs yeux brillant comme des rubis.

« Paraît que vous allez être guide », dit Marvin. Il était à moitié rasé et sa femme, une Cubaine, regardait avec curiosité du seuil de leur maison qui flottait à l'extrémité d'un dock de radoub, sur des fûts de pétrole de la marine.

« Oui, avant la fin du mois. Qui vous l'a dit ?

— Jamesie Powell. Vous allez pêcher le scombre ?

— Oui, c'est comme ça que je compte me faire une réputation.

— Vous voulez que je vous garde des crabes ?

— S'il vous plaît. De la taille d'un dollar.

— Vous voulez des crabes hachés ?

— Je vais naviguer à la perche.

— Vous êtes un dur. »

Skelton gouvernait l'épave de bois à bord de laquelle il apprenait à connaître les parages sous un ciel rempli d'étoiles. L'eau dans la nuit était noire, les îlots de palétuviers plus noirs encore et le bateau sentait les éponges non séchées et les fragments d'appâts non balayés. Il puait. Miranda était à l'avant. Il semblait à Skelton qu'il pouvait la voir.

« Comment peux-tu savoir où tu vas ?

— Don de seconde vue. »

Le moteur Scott-Atwater gémissait à l'arrière comme un bébé. Il avait maintes fois essayé de rendre son tablier depuis le premier mandat d'Eisenhower. Une lune bosselée, athlétique, escaladait les nuages l'un après l'autre. Skelton inspecta les crevettes à la lueur de la torche. Les yeux encore brillants, elles planaient comme des oiseaux au lieu de se jeter contre les parois du seau.

Aux abords de Cayo Agua, il ralentit et, coupant le moteur, longea les palétuviers pour accoster. D'abord, il y eut un moment de silence, puis le dialogue flûté des oiseaux leur parvint de l'intérieur de l'îlot. Lorsque le bateau fut immobile, ils aperçurent, dans la clarté de la lune qui pénétrait l'eau transparente, les poissons qui ondulaient, étincelants, parmi les racines des palétuviers. La brise était si faible qu'on la sentait à peine. Mais l'îlot soupirait comme toutes les âmes du purgatoire réunies.

« Une remarque philosophique s'impose, dit Miranda.

— Miranda, nous sommes ici sur la grande prairie marine, loin, très loin des guignols du rayon de joujoux de la F.A.O. Voilà qui fera plus pour ton salut que la

religion, le futurisme ou les murs de cyprès pourris de
ta petite cabane de West Marin. »

Il attacha une crevette gigotante à l'hameçon de
Miranda et lui montra comment lancer, ce qu'elle fit
d'une façon qui montrait qu'elle n'était pas novice. La
bouffonnerie, pensait-il, peut être une façon de danser
à la lisière de la beauté. Ou aussi rien d'autre que de la
bouffonnerie.

« Miranda, ma chérie, écoute bien. Nous tous — il fit
un geste circulaire — nous sommes des gens libres qui
rêvent d'être prisonniers, dans une cellule tranquille,
avec une brosse à dents et un gant de toilette. Mais en
réalité, nous sommes les forçats de la liberté. Courbés
sous nos vieilles existences de bagnards, nous regardons
avec des yeux hébétés tous ces vacanciers que nous
croyons voir partir pour Teneriffe, Leningrad ou le Show
de la Sirène à Weekeewatchee Springs. Miranda, la vie
peut devenir une glacière débordante d'algues dégou-
linantes et glacées. Ou pas.

— Sous un certain jour, dit Miranda, on peut voir tout
ce qu'on veut. » Une réponse astucieuse.

Plus à propos, elle attrapa un vivaneau de palétuviers
qui fit un gentil barouf en atterrissant au fond du
bateau. Skelton l'assomma avec un gros boulon, regar-
nit l'hameçon de Miranda. Puis, tenant la torche électrique avec le menton, il découpa promptement des
filets, posa la chair nacrée sur l'extrémité d'une feuille
de papier brun et enroula le poisson dedans. Miranda
ne cessait d'attraper des vivaneaux et quand ils eurent
six paires de filets, ils s'arrêtèrent et jetèrent le reste de
l'appât par-dessus bord. Des poissons brillants se préci-
pitèrent autour de la barque, dans la clarté de la lune,
pour s'emparer des crevettes.

Il n'y avait presque plus de brise. Et les quelques
nuages qui subsistaient dessinaient à l'ouest un conti-

nent si ténu que les étoiles transparaissaient sur le pourtour. La nuit semblait éclatée sur une lune triomphante.

Skelton tira à fond sur le lanceur. Le moteur toussota et démarra tant bien que mal, dansant un be-bop échevelé à la poupe. Skelton, debout, prit la barre et mit le cap sur Key West qui luisait à l'est, pâle comme une aurore.

Vingt minutes après, ils étaient assez proches de la ville pour distinguer un car Greyhound qui franchissait le pont de Stock Island avant de pénétrer dans le zygote de Cayo Huesco. Juste au-delà, l'écran du cinéma en plein air se déployait parmi les caravanes. Skelton regarda : le tribunal d'Appomatox, Yankees et rebelles en majesté dans les cieux de Key West. Vue du large, c'était l'Amérique qu'on pleure. Ulysses S. Grant et Robert E. Lee enfoncés jusqu'aux genoux dans des foyers itinérants qu'entourait le vide maritime. Le cheval de Lee, Traveller, se matérialisa et s'évanouit dans les airs atlantiques. Puis Grant serra la main de Lee et la nation devint une et indivisible. Chevaux, héros, tentes et munitions sombrèrent parmi les caravanes : FIN.

Sur le chemin du retour, ils s'arrêtèrent dans un magasin de vente de boissons pour acheter un carton de six Budweiser. C'était une boutique agréable, avec un portrait de Tennessee Williams accroché au mur. L'écrivain tenait un bouledogue blanc sur ses genoux et souriait sans malice.

En pénétrant dans la carlingue, Skelton décida que, si jamais il devenait célèbre, il offrirait son portrait à l'hôtel des poivrots, où on l'accrocherait dans l'entrée, hors de portée de mains vengeresses et de jets de bouteille.

Il découpa les vivaneaux en languettes et les plongea dans l'huile fumante, juste avant qu'elle commence à se marbrer. Le succulent poisson fut vite saisi. Skelton déposa la friture dans une corbeille tapissée de papier et la plaça sur la table avec le carton de bières, un pot de sauce tartare et des quartiers de citrons venant de son propre citronnier. Ils mangèrent comme s'il ne devait pas y avoir de lendemain. Après quoi, ils s'accordèrent un petit zizi-panpan.

L'école était ouverte ce soir-là. Et Miranda rentra chez elle à bicyclette. Une heure après, le téléphone sonna chez Skelton. Elle était au bout du fil.

« Tom, ton père est venu ici.

— Continue.

— Il portait un drap vaguement épinglé autour de lui, comme un Romain, tu sais... Il sautillait comme un possédé...

— Et alors ?

— Il voulait un rendez-vous. »

Dieu, quelle époque, un tel manque de foi que l'Annonciation faisait l'effet d'avances indécentes. Quiconque avait ouvert les yeux disparaissait sans même avoir eu le temps de s'en rendre compte.

L'esprit de Skelton avait subi une réduction, comme on réduit une fracture. Devant cette amélioration, chacun s'écriait : « Quel gâchis ! » ou quelque chose dans ce sens.

Skelton regardait de tous les côtés, se disant : J'ai rudement besoin qu'il se présente quelque chose. Oui, ce serait vraiment chouette.

A force de paresse, rien ne s'était matérialisé. Et Skelton avait été balayé. La queue de billard de l'absurdité était venue frapper les boules de son esprit et tout s'était éparpillé loin du centre. Maintenant, les boules se trouvaient de nouveau dans le filet. Il faut vraiment être démoralisé pour savoir ce que c'est.

La rançon du roi, le chien du jardinier, le chat qui a

avalé le lait de la voisine... Un président épais comme une pomme de terre, avachi par le crime, se tourne vers un acerbe procureur général et déclare : « Je donnerais l'Amérique pour une nymphomane de treize ans. » Mais le procureur général répond invariablement : « Rien à faire. » Invariablement.

La semaine des quatre jeudis arrive sans crier gare et on casse sa pipe. Ne l'oubliez pas. L'astuce est d'être tout sourires. D'être superfétatoire. Quelques pas et on est déjà trop loin.

Tous les soirs, à la télévision : l'Amérique *con carne*. Et l'éternité n'est qu'un fantasme, une buée... Même le simple plaisir! Le rêve d'un orgasme simultané n'est qu'un hareng agonisant sur un miroir.

Le rituel vestimentaire du matin, empreint d'un secret dandysme, commença après qu'un peu d'eau glacée eut raffermi ses traits. Skelton faisait toujours une station devant le miroir dans ces minutes précieuses qui précèdent le véritable réveil. Il y apercevait un être parfaitement amoral, veule comme un assassin, et songeait à la sérénité de Starkweather devant ses accusateurs. Un peu d'eau froide, et son visage retrouvait une certaine netteté. Un autre être émergeait peu à peu de ses traits comme un mirage, un être qui était capable de jouer des coudes contre n'importe qui et de se battre à coups de poing contre des capitaines de crevettiers pour des principes auxquels il ne croyait même pas. Ensuite, des Levis bien assouplis, blanchis par le soleil, une longue ceinture de cuir tressée et une chemise cubaine guayabera qui avait déjà transigé avec la chaleur. Quand il se redressait après avoir noué les lacets de ses chaussures de pont, Skelton aimait sentir son poids se porter légèrement vers les talons. Quand le moral était au plus haut, on pouvait compter, semblait-il, un bon mètre vingt de son menton à la boucle de sa ceinture. Dans ces moments-là, il avait l'impression de se mouvoir comme une aiguille de compas qui oscillait d'un coup, attiré plutôt que poussé, inexorablement.

Trop souvent il se réveillait avec le cafard, bigleux et ne désirant rien d'autre que rester là, affalé. Il sentait les rides se creuser entre ses sourcils et prenait volontiers un bon anti-acide, un Rolaid, par exemple, ou un Alka-Seltzer. Même un joyeux, un effervescent bromure bien américain eût été du tonnerre. Quand il était dans cet état, Skelton s'identifiait à Starkweather contre qui les parents de sa petite amie hurlaient parce qu'il se servait de leur voiture. Et qu'il était un éboueur à Lincoln, Nebraska, où les adolescents apprennent à nager le crawl australien dans des clubs de sport pour crétins écrasés de soleil, où des forçats du salaire même plus très jeunes brûlent l'autoroute du Maïs de leurs pneus renforcés à carcasse radiale, les Prairies d'Amérique s'encastrant dans un rétroviseur en verre fumé. Et les minces refuges pour piétons envahissent les steppes et l'ancien espace de rêve de plaines nues, hantées des buffles, d'une république sans âme.

Quelque chose devait lui être resté sur l'estomac.

Parfois, dans une pièce vide, le bourdonnement d'une mouche acquiert le timbre d'une voix humaine. Par les nuits sans lune, les villes frustes des Prairies voient se dérouler d'étranges choses. Un vieil ivrogne fonce à travers des rangées de céleris, beuglant : « Les *bitenikes* m'ont chipé ma fille ! » Et quelque part dans les Dakota, le beagle égaré d'un chasseur passe la nuit à mâchonner le câble principal du téléphone direct du président. Quand il bondit en arrière, sa tête explosant en une bleue étincelle, il pousse un unique aboiement et meurt. Séparés par des mers et des continents, un commissaire du peuple et un président se précipitent en pyjama dans leur quartier général respectif. Ainsi va le monde.

C'étaient là de lourdes pensées et Skelton s'assit. Il savait que le mot « sérieux » ne vient pas de « céréale ». Il subodorait que, dans les Prairies d'Amérique, tout le monde s'appelait Don et Stacy. Il n'ignorait pas que le rétrécissement spirituel vous guette souvent au pied des montagnes, où l'on remplace volontiers un ranch par un terrain de golf. Et que les Spalding Dot, les Maxfli et les Acushnet se dressent sur les ossements des guerriers disparus. Il savait donc que, s'il était obligé de quitter Key West un jour, ce n'était pas dans les Prairies qu'il se réfugierait.

Il fit quelques pas autour de la carlingue. Don et Stacy avaient vu le jour dans les Prairies américaines. C'était la frontière et Don jeta un verre de Lavoris[1] à la figure de Stacy. Ce geste marqua la fin de quelque chose. Stacy téléphona directement à mam dans le pays des Loisirs pour demander un aller simple sur le jumbo jet. Il n'en fallait pas plus. Le fils aîné, Lance, reçut un obus de mortier Kong en pleine gueule dans le Nam. Sherri, la fille, subit une cure de désintoxication dans le camp de détention féminine de l'Oregon, puis divorça de son romanichel de mari pour épouser un membre du mouvement Young American for Freedom. Lequel aimait lui planter des bougies d'anniversaire dans le cul, bouffer des confetti et lui arroser les cuisses de jus de pamplemousse Welch. Le soir, Don s'asseyait devant la cheminée en pierre de taille de la salle de jeux, lisait sa carte de sécurité sociale et remâchait ses griefs. Stacy fabriquait des boulettes de papier mâché dans la cave. Comment s'étonner qu'ils se soient réveillés en récriminant.

Skelton était de méchante humeur. Le rituel matinal

---

1. Produit pour purifier l'haleine. *(N. d. T.)*

et son dandysme n'avaient pas réussi à la dissiper. Il localisa ses ennuis, qui avaient deux sources bien précises : l'apparition de son père chez Miranda, la veille, et le serment qu'avait fait Dance de le tuer. Il irait les voir l'un et l'autre ce jour même. L'atmosphère devenait aussi opaque qu'elle l'avait été avant qu'il ait cherché à clarifier sa vie. Tout était à recommencer. Si le bateau fait eau, pensa-t-il, il faut écoper. Eh bien, écope.

Le grand-père de Skelton, le redoutable, qui, de toutes ses longues années passées sur cette terre, n'avait pas consacré un seul jour au service de son pays, se rappelait les guerres qu'il avait connues de son eyrie au niveau de la mer de Cayo Huesco.

Durant les sombres préparatifs de la Première Guerre mondiale, alors que Thomas Edison expérimentait des grenades sous-marines au quartier général de la marine à Key West, Goldsboro possédait un yacht à Garrison Bight dans le but exprès de courir les filles et d'accomplir de mystérieux voyages à Cuba.

Lors de la Seconde Guerre mondiale, son fils, le père de Skelton, possédait un ancien bateau ayant servi à la contrebande du rhum qu'il avait transformé en bateau de pêche et à la poupe duquel flottait le drapeau noir de l'anarchie. Fuyant vertigineusement tout objectif familier, il était devenu une chimère.

Telle était précisément la question que se posait Skelton : y avait-il un lien entre ces deux ancêtres mâles et lui-même ? Et si oui, vers quoi était-il dirigé ? Conscience universelle ou mort précoce ? Enfin, pourquoi ces deux destins paraissaient-ils avoir un caractère maritime ? Il ne pouvait s'empêcher de penser que cette succession de bateaux : yacht, bateau de contrebande, barque de pêche, trahissait un certain enchaînement. Si à l'aide de données sûres il avait la possibilité de remonter encore une génération en arrière jusqu'à son bisaïeul, il craignait de découvrir, négociant les hauts-fonds des mers du sud de la Floride au milieu de l'enchevêtrement de cordages de son schooner, un vieux sauveteur d'épaves, paumé et aussi suicidaire que cinquante existentialistes de 1947 réunis.

Goldsboro Skelton lui-même, pendant ce temps, évoluait dans ses bureaux encombrés de coffres-forts. Ces coffres-forts de tout modèle, ouverts, fermés, dynamités, la porte arrachée ou la serrure crochetée, constituaient une sorte d'auditoire captant les ondes de pensée qui émanaient sans discontinuer d'un front aussi rond et serein qu'un dôme de radar.

S'il possédait un seul talent, en dehors de celui de couper l'herbe sous les pieds de ses adversaires, c'était l'art de manipuler les conditions de telle sorte que le problème ou sa solution apparaissait d'une simplicité presque fruste. Par exemple, il tenait soigneusement son petit-fils sur la corde raide à propos de sa barque. D'un côté, il voulait donner à son geste tout l'éclat que seule l'incertitude pouvait lui conférer et, de l'autre, il ne pouvait résister au plaisir du jeu, au plaisir de manipuler les ficelles, qui constituait la trame même de son existence. Quand il faisait le tour de son fief et qu'il voyait ses contemporains passer leurs derniers jours sur la terre à se dorer sous leurs vérandas à auvents, il remerciait le ciel du grandiose instinct qui l'avait conduit à créer une galaxie qui restait sienne depuis le début du siècle.

Goldsboro Skelton avait été, avant l'âge de vingt ans, parmi les derniers habitants de Key West à aller en mer avec les sauveteurs d'épaves, il avait piloté à travers l'impossible delta et le golfe du Mexique, au milieu des tempêtes d'été, un bac à moteur Diesel qui avait été construit à plus de deux cents kilomètres en amont sur

le Mississippi, un navire de franc-bord minimal conçu
pour naviguer dans les eaux abritées et nullement destiné à effectuer des traversées de ce genre en haute mer.
Sa religion était ambiguë (« J'ai, disait-il, des relations
directes avec Jésus-Christ »), et il s'était acquis une certaine notoriété lors d'une opération de renflouement à
laquelle il avait participé pendant son adolescence sous
les ordres d'un capitaine dipsomane qui le faisait travailler, avec six de ses camarades d'école, dans la cale surchauffée d'un cargo condamné qui s'était cassé en deux
sur un récif du Honduras à une centaine de milles de
Stann Creek. Sept jeunes gens occupés à décharger du
sucre brut de la cale étouffante d'un bateau qui oscillait
et grinçait sur le récif, menaçant à chaque fois de cha-
virer en les entraînant par le fond. Lorsque le cargo
gémissait encore plus fort, ou que le grincement prolongé de sa coque métallique contre l'implacable corail
s'élevait de quelques tons, Goldsboro et les autres, crai-
gnant qu'il ne chavire pour de bon, suppliaient qu'on
les laisse aller dans les hauts. Mais le capitaine, qui tombait souvent à genoux sur le navire de sauvetage, lequel
se balançait en toute sécurité le long de l'épave, pour
prier Jé-é-sus de veiller sur ces jeunes âmes, mains et
yeux papillotant vers le firmament en un paroxysme
d'émotion étrangement féminin, refusait à tout coup.
Puis, le troisième jour, une gerbe de mer bleue des
Caraïbes, une trombe d'eau d'aspect fatal, jaillit à travers le joint étanche de l'arbre de l'hélice, projetant dans
la touffeur des tonnes de sucre non raffiné.

Le jeune Goldsboro s'empara alors d'un morceau de
bois provenant d'une membrure en chêne fracturée, qui
pesait bien trois kilos et alla à la recherche du sauveteur
d'épaves qu'il trouva priant à l'abri du poste de pilo-
tage. D'un premier coup asséné sur son pieux postérieur,
il renversa le bon capitaine. Puis il l'emmena au gaillard

d'avant, où il l'enferma en compagnie de toutes les bon-
bonnes de mauvais rhum cubain qu'il pouvait boire. Ses
compagnons de bord terrifiés s'étaient rassemblés entre-
temps pour entendre un discours qui allait être le fon-
dement de sa jeune renommée :

« C'est moi qui suis le maître de ce navire maintenant,
dit-il d'un ton plus magistral qu'on n'aurait cru possible. Et défense à tous de prier. »

Une semaine après, Goldsboro Skelton était jugé pour
mutinerie et acquitté. Les premières mailles de son filet
se tendaient déjà au-dessus de Key West. Il était un héros
populaire.

« Bella, Bella, Bella, dit Goldsboro, trop fatigué pour
monter sur le trampoline.

— Bon.

— Je ne suis pas chic, tu sais.

— Tu es surtout fatigué.

— D'accord, je suis fatigué, mais pas plus que toi,
Bella. Seulement, je ne cherche pas à faire semblant
de ne pas l'être, tandis que tu es prête à te rompre le cul
jusqu'à la Saint-Glinglin pour prouver que le temps ne
passe pas.

— Tu te trompes, Goldsboro, je ne suis pas fatiguée.
Toi oui, mais moi pas. Toi, mon chéri, toi, tu es vraiment fatigué.

— Pourrais-tu encore chanter, Bella ? »

Bella Knowles s'était produite deux fois au planéta-
rium de Disneyland, en fait avant qu'on ait aménagé
ce parc d'attractions. Mais les rêves et les goûts roma-
nesques des intrépides Américains les avaient conduits
à installer déjà à l'époque au moins le centre d'accueil
des touristes, une construction à peine plus grande
qu'un abri en tôle préfabriqué qui se dressait, flanquée

d'une gigantesque image de Donald Duck en polysty-
rène, dans le marais infesté de crocodiles.

« Je pourrais encore faire voler un verre en éclats
avec ma voix, pour te prouver ma vitalité. »

Goldsboro Skelton, moins don-quichottesque que
cartésien, se précipita hors de la salle de gymnastique
et revint avec un élégant verre à vin.

« Où veux-tu que je le mette?

— N'importe où. Là. Là, pose-le sur la table. »

Bella Knowles gonfla ses poumons, aspirant à fond et
prenant un air de cogitation profonde, analogue à
celui d'un agent de police brusquement aux prises avec
un problème de jurisprudence. Elle poussa un cri.

Rien. Elle hurla de nouveau. Rien.

« Ça ne réussit que quand je suis excitée.

— Que non. Je te l'ai dit : tu es fatiguée.

— Alors je ne peux pas briser le verre.

— De toute façon, tu ne le pourrais pas.

— Je le pourrais si j'étais excitée.

— Si on faisait le coup du balai?

— Avec le balai, j'y arriverais. »

Goldsboro alla dans la pièce voisine, d'où parvint
bientôt le bruit d'un robinet. Pendant ce temps, Bella
Knowles s'assit par terre et s'extirpa de son corset.
Goldsboro revint avec un seau rempli d'eau savonneuse
et un balai. Bella Knowles se mit à quatre pattes devant
la petite table où était posé le verre, le visage levé, et
recommença ses exercices.

Le scepticisme de Goldsboro Skelton était visible tandis qu'il plongeait le balai dans l'eau savonneuse et se
mettait en devoir de lui badigeonner le postérieur. Après
quatre bonnes minutes de ce shampooing, Bella inspira
profondément et poussa un cri de Walkyrie. Le verre
vola en éclats.

D'un mouvement brusque, elle se releva et, versant de

silencieuses larmes d'orgueil, se jeta dans les bras de son
ingrat amant. Elle y demeura un long moment, au
milieu d'une flaque grandissante d'eau savonneuse. Des
fragments de cristal jonchaient la table. D'une certaine
façon, l'eau savonneuse, le seau, le balai et le cristal
étaient le « témoignage muet » d'une vie de charisme et
de rechutes, de vulgarité et de magnificence. En bref,
une image de l'universelle condition d'insipidité absolue qui est la nôtre, relevée seulement çà et là, comme
un pain aux raisins de médiocre qualité, par des philosophes français contemporains en imperméable.

   Huit heures et demie. Skelton se traînait vers le quai.
Il aurait moins redouté cette entrevue si elle avait dû se
passer seulement avec Dance, encore qu'il l'eût redoutée
malgré tout. En tout cas, il faisait non pas ce qu'il voulait, mais ce qu'il devait faire. Et d'obéir à cet impératif
mineur lui procurait une certaine énergie en retour.
Malheureusement, Carter serait là. Roy Soleil aussi.
Peut-être même Myron Moorhen. Tout le long du
chemin, il essayait d'arborer un air raisonnable. Il ne
considérait pas cet entretien comme un règlement final.
Lequel se ramène toujours à une bataille entre viande et
couteaux à cause d'un hamburger.
   Faron Carter avait en main la lance en acier forgé
d'un gros tuyau noir qui décrivait quatre paresseux
méandres avant d'aboutir à un camion de la Gulf au
volant duquel était assise une inoffensive créature des
monstres du pétrole. Dans une conduite de remplissage,
il dirigeait un jet d'essence doré qui (derniers soupirs de
forêts, prairies de simples monocotylédones et dino-
saures disparus) allait bientôt, en actionnant de brillantes
billes métalliques de came et piston, produire le bleu
vrombissement d'hélice nécessaire pour se rendre du

point A au point B. Mais la course du pétrole pour obtenir une part du gâteau est trop bien connue pour qu'il y ait lieu de l'élucider davantage. Elle ne rivalise qu'avec celle des munitions en vue de décrocher la timbale. On pense à l'opossum, simple marsupial bien connu dans ce pays qui est le nôtre. Quand maman opossum est en vadrouille et qu'elle a faim, elle fouille dans sa poche centrale et croque un de ses petits. Jusqu'à ce que, pour finir, elle se retrouve seule dans la Nuit américaine sans personne pour l'appeler « maman ».

« Tom, dit Carter, vous vous êtes fait aussi rare que le merle blanc. Je ne me rappelle plus quand je vous ai vu pour la dernière fois...

— La dernière fois que je vous ai vu, dit Skelton, j'étais tapi au fond du chenal et je vous épiais, vous et Roy Rogers[1], pendant que vous me cherchiez partout, un pistolet à la main.

— C'est un aveu?

— Non, à moins que vous n'ayez caché un greffier dans ce palmier nain.

— Je suis content de vous revoir en tout cas, reprit Carter d'un ton vraiment cordial. Votre grand-père a assisté à notre déjeuner du Lions Club hier et nous avons pu causer un petit peu. C'est quelqu'un, votre vieux grand-père! Il m'a dit combien il se réjouissait de vous voir vous joindre à nous ici. Et moi aussi je me réjouis! Moi aussi...

— Où est Nichol?

— Ici! » La voix de Dance se fit entendre de l'autre côté de la digue. Il devait être dans sa barque. C'était une aubaine : l'occasion de lui parler en privé.

Foulant l'herbe élastique des Bermudes, Skelton se dirigea vers lui. Il n'apercevait que son dos courbé sur

1. Célèbre acteur de western. *(N. d. T.)*

le moteur, avec un sombre ovale de sueur au milieu de
la chemise kaki.

Faron Carter poussa la porte de la remise aux appâts
et se heurta à Myron Moorhen qui, en entendant la voix
de Skelton, s'était levé de son bureau. Des colonnes de
chiffres semblaient flotter encore dans ses yeux vagues.
Sous son nez en lame de couteau, sa lèvre inférieure se
plissait de souci autour de ses dents éclatantes de lému-
rien.

« Ça alors!

— Quoi, ça alors?

— Je ne pensais pas que cet incendiaire aurait le front
de se montrer ici!...

— J'ignorais que tu avais procédé à une enquête sur la
question.

— Quelle est la politique à suivre alors?

— Nous n'avons pas de politique. C'est Nichol Dance
qui en a une. Nichol Dance, au cas où tu l'aurais oublié,
est le gars qui a perdu son bateau. » Ce dernier mot
lancé d'un ton persifleur.

« D'accord, d'accord.

— Par conséquent, c'est lui qui a une politique.

— D'accord.

— Et nous, nous attendrons de voir de quel côté
tourne le vent.

— Je comprends, dit Myron Moorhen. Notre politique
est de ne pas intervenir et celle de Dance... c'est quoi?

— Écrase, Myron. »

Myron retourna docilement à ses comptes. L'aérateur
de l'aquarium aux crevettes faisait des bulles. Et toute la
remise puait affreusement parce qu'un client avait laissé
un wahoo [1] bâtard sur une balance de concours pendant
tout le week-end et qu'il s'était gâté.

---

1. Poisson des mers chaudes de la famille des maquereaux.

Myron Moorhen plaça la pointe de son stylo-bille en haut de la troisième colonne et la fit glisser jusqu'au dernier chiffre. Puis il la déplaça horizontalement jusqu'au mot « débit ».

« Qu'est-ce qui va se passer maintenant?

— Quelqu'un va se faire tuer, répondit Carter. Myron, où as-tu mis ce wahoo? »

« Je ne vois pas comment un moteur peut tomber en panne parce qu'un joint a pété.

— Bon, dit Dance, eh bien, regardez. » Il fit basculer le moteur sur un côté. « Le joint dont je parle se trouve là, en haut de l'arbre de transmission. Il empêche l'eau de mer de monter ici, vu? plus haut que le vilebrequin, vu? et de noyer le moteur.

— Comment saviez-vous que le joint avait lâché?

— Je m'en suis douté, voilà tout. J'ai enlevé la culasse et je l'ai trouvé en morceaux.

— Et le reste, comment c'était?

— Moche. J'ai retiré la turbine de la pompe à eau et je me suis aperçu que les aubes de caoutchouc étaient tout abîmées.

— Comment ça marche maintenant?

— Faites-le démarrer. »

Le moteur tourna et embraya rapidement, mais il avait des à-coups. « C'est pas fameux, dit Skelton tout le premier.

— Poussez-le encore de mille tours. » Le moteur vrombit mais toujours avec des saccades. C'était un vieux de la vieille. « Voyons comment il va marcher. Je viens de changer l'hélice de dix-neuf pouces qu'il avait contre une de vingt et un. »

Skelton largua les amarres puis s'installa dans le fauteuil de bâbord. Dance s'assit à son tour et fit virer la

barque pour s'éloigner du quai. Le bateau n'avait pas
vilaine allure, bien qu'il fût un peu bâtard.

« La foudre est tombée avant-hier sur les îlots à l'est
de Snipes, dit Dance. Faut que j'aille y faire un petit
tour. Il y a des tas d'oiseaux là-bas. Je voudrais voir
comment ils s'en sont sortis. »

Ils traversèrent directement les bassins de Jewfish et de
Waltz Key et, la marée leur étant favorable, franchirent
le banc situé derrière Old Dan Mangrove. Skelton regardait comment Dance s'y prenait pour effectuer ce par-
cours peu commode : il passa derrière les Mud Keys,
déboucha sur le golfe juste au nord-ouest de Snipes,
puis vira vers l'est, coupant le moteur comme il approchait des sables, si bien que l'ombre projetée sur le fond
par le bateau pivota tandis que le sillage refluait vers
eux. La barque s'immobilisa, rivée à son ombre comme
sur un pendule.

Skelton releva le moteur à la main : il n'y avait
pas de commande électrique. Dance alla se placer à
l'avant et poussa le bateau à la perche dans le fracas-
sant ressac qui déferlait du golfe. Sur la ligne du récif,
de verts rouleaux se brisaient au-dessus des courants.

Dance lança l'ancre sur la pente de la grève. Ils débar-
quèrent. Avant d'avoir atteint les premières herbes, ils
virent deux palmiers sauvages déchiquetés par la foudre
et d'autres dont le tronc gris et lisse était creusé de pâles
balafres. Dès qu'ils furent arrivés au sommet de l'îlot,
ils découvrirent des hérons blancs, de petits hérons
bleus et un tantale qui avaient été tués par la foudre.
« C'est un crime », dit Dance. Les oiseaux étaient déjà
grouillants de vers. Il y en avait peut-être une dizaine,
éparpillés tels que la foudre les avait surpris, leurs
longues pattes d'échassier croisées, leur bec pointant
ridiculement dans l'ultime vacuité de la mort.

Ils rebroussèrent chemin. Ce n'est qu'après avoir

franchi déjà à moitié le bassin de Waltz Key qu'ils se remirent à parler. « Écoutez, dit Dance, je sais que c'était une mauvaise plaisanterie.

— Vous l'avez dit.

— Mais ça n'excuse pas ce que vous avez fait.

— Ouais, peut-être bien.

— Et ce n'est pas possible que vous deveniez guide. Je l'ai juré.

— Pourtant, c'est ce que je vais faire.

— Non. »

Skelton fit signe que si de la tête, aussi aimablement qu'il put.

Deux raies bondirent devant le bateau et s'enfuirent en faisant onduler leurs nageoires mouchetées. Dans leur hâte, elles révélèrent aussi leurs blanches nageoires ventrales. Puis elles s'évanouirent dans la lumière. L'eau était calme et transparente, verte au-dessus de l'herbe à tortue. Maintenant, il y avait des oiseaux partout, qui s'envolaient à leur approche, cormorans assis sur des pieux ou des branches de palétuviers pour sécher leurs ailes, anhingas, mouettes, frégates et pélicans, hérons et grues de toutes les nuances du gris ardoise, de toutes sortes de blanc, à noirs chevrons ou rayures héraldiques, avec des ailes fuselées ou mal terminées. Les deux hommes avançaient d'îlot en îlot parmi cette parade aérienne, au-dessus de multitudes de poissons qui filaient dans la darse, au-dessus du fond marin, lui-même repaire d'un million d'espèces d'animaux qui se déplaçaient, en quête d'une proie ou fuyant, mus par tous les tropismes, de la lumière à la chaleur, et vivant au sein de couches imbriquées, innombrables, qui se traversaient comme l'air sans jamais se toucher.

Un jet passa au-dessus de leur tête. Skelton le chercha dans le ciel. Chaque année, il fallait regarder de plus en plus loin en avant de l'endroit d'où semblait parvenir le bruit. L'avion traça dans les airs un beau sillage argenté.

Se maintenir en vie et lutter contre les troubles psychotiques engendrés par l'observation spontanée de la république dépendaient, pour Thomas Skelton, de la possibilité qu'il avait d'aller en mer. Voguer en solitaire tandis que les flots l'emportaient au large de la plate-forme continentale constituait pour lui, en un sens, une conduite asociale. Assez fréquemment, cette solution d'une grande simplicité était l'une de trois options, les deux autres consistant à tout casser et à fumer de la drogue du matin au soir.

Bien que la terre se flétrît devant son plus singulier produit, Skelton n'avait pas perdu le réflexe d'être un chrétien pratiquant. Son habileté à éluder toute confrontation avec la réalité — son plus grand talent — lui avait permis de rester en grande partie, foi, espérance et charité, à l'abri de l'épreuve. Quelque part en son for intérieur, il le savait. Il avait fallu un quart de siècle pour que se réalise cette combinaison pour lui : l'accès à l'espace de l'océan (et le moyen d'existence qui lui rendrait cet accès constant) et une vision encore informe de la manière dont il devait vivre sur terre avec les autres.

Et donc il avait affirmé à Nichol Dance : « Je vais être guide. »

Mais aujourd'hui, arrivé à Searstown, il pensait tout en promenant ses regards sur la houle humaine qu'il devait être bien agréable de faire ses achats à la vente annuelle du Blanc sans que personne ne se propose de vous zigouiller au-dessus des percales ou d'éparpiller vos tripes sur le service de chopes danois. Même la minette bien roulée, qu'il n'avait de toute façon aucune chance d'avoir, feuilletait les nouveaux albums Sugarcane Harris sans donner l'impression qu'il y avait du meurtre dans l'air et encore moins qu'elle allait être la victime.

Comment accueillerai-je ma propre mort? Un index dans le trou par où aura pénétré la balle, tandis qu'un billion de protozoaires redistribueront mes substances chimiques de par-derrière, là où elle ressortira pour tuer, blanchissant un hors-bord proche, un innocent pélican.

Miranda, se disait-il à Searstown, je me sentirais beaucoup mieux si je pouvais pousser quelques aboiements. Imagine : la trajectoire de la balle. Son « entrée » est juste à gauche du sternum, où sur son passage elle détruit la palpitation têtue du cœur, sans provoquer toutefois une mort instantanée. Skelton sait ce que c'est. Il y a la grandeur de la surprise. Sa conviction qu'il a une infinité de chances moins une de ne pas revivre l'empêche d'éprouver un regret total. Ses yeux, qui furent toujours pleins d'un éclat fluide et vivant, deviennent vite secs dans cette journée ensoleillée — un endroit où les petits insectes de la grève déserte peuvent se déplacer... sans risquer de perdre l'équilibre. Peu à peu, cela devient un lieu favori de rendez-vous d'amour, propice à la reproduction de ces insectes. Et en vertu de la magique symétrie de la mitose, chaque globe oculaire se voit bientôt transformé en une collectivité florissante dont les racines plongent, d'une part, dans les premiers éons du temps terrestre et, de l'autre, dans les plus étranges contrées de l'avenir-espace évolutionnaire où les produits des yeux de Skelton pourraient, pourquoi pas, devenir à leur tour des planètes colonisatrices poursuivant des objectifs de civilisation. Sa prostate, par ailleurs, pourrait aboutir à la Maison-Blanche.

Skelton voulait modifier sa carlingue et, en conséquence, il était venu se procurer diverses pièces et outils dans la quincaillerie de Searstown. Il acheta une perceuse Craftsman à vitesse variable, accompagnée d'une ferme garantie de remboursement. La magie de cette perceuse électrique tenait à ceci qu'elle vous permettait de vous servir d'un trou de forme bizarre où arrivait l'électricité pour percer ailleurs, grâce au courant transmis par un fil noir et un mécanisme de couleur argentée, d'autres trous de n'importe quelle dimension voulue.

Dance regretterait-il son acte? Jetterait-il un second regard sur cette délirante transformation en viande du vif et du sacré en s'écriant : Pouah!? Ou, comme disent les commentateurs de la télévision avant chaque événement, cela ne « laisserait-il pas de l'étonner »?

Sur le magasin de quincaillerie, aux tiroirs remplis de clous galvanisés, de boulons noirs et de vis chromées, et aux étincelants outils électriques, régnaient six employés en blouse verte qui planaient derrière les rayons, se regroupant de temps à autre à la caisse pour faire un débit ou avaler du café dans un gobelet d'un blanc translucide. Skelton n'ignorait pas que, bien qu'il eût partie liée avec elle en tant que client, la quincaillerie était mauvaise, d'une façon générale, pour l'humanité.

C'est parmi les colles, directement derrière le rayon des néoprènes, pour être précis, qu'il comprit qu'il était temps d'aller voir pourquoi son père avait demandé un rendez-vous à Miranda. Les néoprènes à soixante pour cent assuraient une adhésion maximale entre deux surfaces planes et nettes, mais les « simili » néoprènes à trente pour cent étaient « tout indiqués », lui dit une vendeuse, pour effectuer de simples réparations d'ordre domestique, pour recoller par exemple de la porcelaine, des meubles, des barattes, des patins à roulettes et de simples objets fabriqués à l'aide de machines à pédales.

Doux Jésus, pensait Skelton sans la moindre intention

blasphématoire, la mort est sur mon chemin, le pied
pressé à fond sur la pédale d'embrayage.

« Madame, dit-il à la vendeuse dont l'échafaudage de
blancs cheveux luttait implacablement contre l'air et la
lumière, auriez-vous le temps de fumer une petite ciga-
rette avec moi ? Je, euh, je ne vous toucherai pas. »

La vendeuse éclata de rire. Voilà en quoi Skelton pouvait être utile à l'humanité dans sa triste mission.

« D'accord. »

Ils sortirent sur le boulevard, près de la circulation
et des autos en stationnement. Skelton ne fumait pas de
tabac. Cela risquait d'être dur.

« J'ai oublié mes cigarettes.

— Prends-en une des miennes, mon petit. » Elle tendit
son paquet et il en prit une. Une mémée, hurlant, fila
devant eux dans un fauteuil roulant. Pépé courait
derrière. Il venait d'actionner le démarreur et elle était
partie en trombe comme des grains de riz lancés d'un
canon.

« Tiens, dit Skelton. Vous fumez des Lucky Strike.

— Deux paquets par jour et j'ai essayé toutes les
marques. »

Skelton fumait autrefois. Il avait son mot à dire sur la
question.

« Moi, j'aime bien les Camel.

— Oui, ce sont des cigarettes qui ont du goût comme
les Lucky. Mais je les trouve trop fortes pour moi. En
tout cas, je déteste les Chesterfield.

— Moi aussi. Elles sont d'une âpreté !

— Âpreté n'est pas le mot. Avez-vous jamais fumé des
cigarettes à bout filtre ?

— Des Benson and Hedges !

— C'est ça.

— Des Parliament !

— Moi aussi ! Ça n'avait aucun goût ! Je ne sais pas,

dit-elle, mais pour moi, c'est L.S.S.B.T., Lucky Strike est Synonyme de Bon Tabac. »

Skelton la prit dans ses bras. Ses yeux étaient humides. « Voulez-vous du feu ? » demanda-t-elle. Skelton était incapable de la regarder en face.

« En réalité, je ne fume plus », dit-il.

Faisons une règle de vie de nous fourrer le doigt dans l'œil jusqu'au coude.

« Ton père n'est toujours pas rentré, dit la mère de Skelton. Il ne faudra pas longtemps pour qu'on ne lui permette plus de rentrer du tout.

— Pourquoi ?

— Dès que je te le dirai, tu trouveras que c'est bourgeois.

— Est-ce que ça l'est ?

— Oui. S'il a décidé de se transformer en une créature de la nuit, j'estime qu'il aurait dû me prévenir.

— Pourquoi ?

— Pour que nous puissions envisager ensemble les conséquences. Je mène une existence qui n'est pas normale et j'en suis arrivée au point où je me demande si je ne devrais pas essayer de racheter le reste de ma vie. »

Skelton savait à quoi elle faisait allusion. Il y avait eu toutes ces aventures de son père, la pêche aux crevettes, le proxénétisme et, de surcroît, un investissement malheureux dans une usine destinée à employer à la fabrication d'engins aériens ultra-légers tous les ouvriers qui avaient été touchés par la faillite de l'industrie du cigare et n'avaient pu trouver à se recaser, en vertu de l'idée plutôt mystique qu'un zeppelin et un cigare avaient la même forme — non, la Sud-Dirigeables n'avait pas mieux marché que le lupanar. A la première dépression tropicale, les dirigeables avaient rompu leurs amarres et s'étaient évanouis au-dessus du golfe du Mexique. Le père de Skelton avait pu accepter ce déboire. Mais ce qui l'avait affecté, disait-il, ç'avait été d'entendre les putains de Duval Street pousser des hourras sur leur passage cependant que son propre père, sur la jetée de Mallory, rugissait : « Baudruches ! » La disparition totale des dirigeables, incarnation des ambitions de son père, était troublante. Avaient-ils débouché dans l'ionosphère ? Ou avaient-ils éclaté pour s'abîmer dans une mer perdue où leurs bulles d'hélium avaient changé la voix des baleines ? En tout cas, le cri de « Baudruches ! » et la vue de la porte d'une usine de dirigeables désaffectée poursuivaient à travers les années un garçon, sa mère et un homme errant aujourd'hui dans les rues de Key West avec un drap de lit pour tout costume.

« Si seulement je savais ce qu'il a en tête. Je le connais si bien pourtant. Mais il fera quelque chose de... Oh ! Dieu, je ne sais pas. Il est si contrariant. Par deux fois il a remis notre mariage parce qu'il avait une déviation du septum.

— C'est pour ça qu'il est resté au lit pendant sept mois.

— Et juste comme on pensait qu'il allait rester au lit, il se lève. Maintenant, il vagabonde la nuit. Mais dès qu'on aura tablé là-dessus... oh ! zut !

— Allons, maman, calme-toi. » Elle était au bord des larmes. C'était comme de voir pleurer Marciano. « Tu ne crois pas qu'il est en quête de quelque chose ?

— Je savais que tu allais dire ça, répliqua-t-elle. Tu as toujours la religion à la bouche.

— Mais tu ne crois pas ?

— Non. Je crois qu'il est contrariant.

— Non, tu ne le crois pas.

— Oui, c'est vrai.

— Alors, pourquoi le dis-tu ?

— Parce qu'il est impossible de comprendre ce qu'il cherche. L'absurde est l'absurde. »

Skelton pensait : On peut obtenir ce qu'on désire et rire un moment, prendre une pilule, contempler Dieu, passer un disque, verser de poignantes larmes et découvrir qu'on est mortel en lisant une circulaire qui débute par les mots « Avec nos compliments ». Ou on peut simplement être étendu là sans bouger. Quand on est entré, il était étendu là sans bouger. Ou on peut tout bousiller. Ne pas saisir la plaisanterie. On peut aussi lever Ses yeux vers le ciel. Skelton se dit : Je crois que je vais lever Mes yeux vers le ciel. Quand nous sommes entrés, il était étendu là sans bouger, ses yeux tournés à un angle bizarre.

Sa mère prit ses beaux sécateurs anglais en acier inoxydable, ce qu'elle avait de plus proche à un bijou, et se mit à tailler le philodendron à larges feuilles qui se trouvait près des marches. Ces plantes étaient de véritables réservoirs d'eau de pluie qui se déversaient sur les degrés en bois qu'elles pourrissaient en moins d'un an si on ne les taillait pas.

« Je me dis : Faudrait-il l'enfermer? Et chaque fois je décide que non, qu'il ne le faut absolument pas. Non pas tellement parce qu'il est inoffensif, mais parce que je soupçonne qu'il est sur une piste...

— Moi aussi, interrompit vivement Skelton.

— Comment pourrais-tu savoir? Tu es exactement comme lui.

— Non.

— Mais si. Vous êtes tous les deux convaincus que vous parviendrez à ce qui est bien en éliminant tout ce qui est mal. »

C'était vrai. Ni son père ni lui n'appartenaient à cette race d'individus sommaires qui s'orientent immédiatement vers ce qui est bien. Mais il y avait une différence

entre eux : il était attiré par ce qui n'était qu'incorrect,
alors que son père allait droit à ce qui était choquant.

« Alors, qu'est-ce que tu vas faire? »

Sa mère posa les sécateurs.

« Rien, répondit-elle d'un ton ferme. Je ne vais rien
faire. Comprends-tu ce que cela implique? »

Le vieux Goldsboro Skelton était debout face à sa
secrétaire. Il tenait une feuille de papier sur laquelle il
avait écrit et biffé un certain nombre de phrases.

« Bon, maintenant supprime la phrase qui se termine
par " impardonnable fiasco des dirigeables ".

— Oui...

— Supprime depuis " cigare, souris " jusqu'à " y étant
favorables, nous ".

— Oui...

— Ainsi que la phrase qui se termine par " tordus et
ratés ".

— Voui...

— Et dans le dernier paragraphe, enlève les mots sui-
vants : " canard ", " goût ", " Marvin ", " tandis que ",
" celluloïd ", " gagné " et " hydropisie ". Et enlève aussi
toute la chanson *Fils d'argent parmi les cheveux d'or*.

— Mmoui. Voilà. Chéri?

— Quoi?

— Prends-moi », dit Bella, grimaçante de lubricité.

Goldsboro Skelton regarda par la fenêtre derrière
elle. Un surmulot filait dans les frondaisons, escaladant
les arbres comme un écureuil.

« Les gros rats d'égout sont dans les palmiers, dit-il
en se retournant vers elle.

— Et alors?

— Alors, laisse tomber la bagatelle. »

Bella poussa un soupir qui, jugea Goldsboro, lui
gonfla les seins d'une façon dégoûtante.

Skelton rencontra James Davis, le patron du crevettier *Marquesa,* comme il sortait de la Western Union et alla prendre un café avec lui chez Shorty's. Ils s'assirent au comptoir, face au grand cyclorama de bois qui formait presque un mur au-dessus des fourneaux et sur lequel un génie de l'affiche avait représenté les spécialités de la maison. Skelton observa à nouveau le teint écorce de bouleau de James Davis et son visage bienveillant, mal construit. Simultanément, il s'aperçut que sa couronne d'or, la seule qu'il eût, s'était descellée.

« Vous ne pêchez pas aujourd'hui?

— Non, dit James.

— Comment se fait-il?

— J'ai perdu mon bateau...

— Perdu?...

— La Banque nationale de Floride me l'a pris.

— Vous... vous avez du travail?

— Je prépare les salades au restaurant Howard Johnson's, répondit-il tout de go.

— Je suis désolé...

— Il n'y a pas de quoi.

— Je cherche mon paternel.

— Je croyais qu'il était cloué au lit.

— Il l'était.

— Que s'est-il passé?

— Il a été pris d'une lubie.

— Ouais? Quand ça?

— Il y a deux jours.

— Tu as été voir chez les putains?

— Je ne crois pas que ce soit ça.

— Le prêtre?

— Il le flanque toujours à la porte.

— Peut-être qu'il regarde Triple-A. Il aime toujours les sports, n'est-ce pas?

— Seulement les championnats de base-ball, le football professionnel et les jeux Olympiques d'hiver. Je ne comprends pas... »

Il fallut à Skelton une heure pour arriver à joindre Miranda dans la cour de l'école (et trois messages secrets transmis par des élèves complaisants). Elle sortit de la salle d'études au milieu d'un de ces flots d'humains qui dégorgent périodiquement : on se serait cru aux Fromageries Velveeta.

« Je suis vraiment désolé, dit-il, faisant allusion sans qu'il fût nécessaire de la préciser à l'apparition romaine de son père.

— Ne te fais pas de souci, je t'en prie. Je ne t'en aurais pas parlé si je n'avais pas pensé que tu devrais être au courant. Et puis aujourd'hui, j'ai trouvé dans mon courrier quelque chose d'étrange. Je ne sais pas si c'est lui qui se manifeste de nouveau parce que ce n'est pas signé. » Elle sortit de sa serviette une enveloppe en papier bulle qu'elle tendit à Skelton. Il y avait à l'intérieur une photographie non signée.

C'était une bite.

Skelton, cela se conçoit, en prit aussitôt ombrage.

« Je peux t'assurer que ce n'est pas mon père qui a expédié ce... cet article.

— Je t'ai dit que je ne savais pas si c'était lui. Et " article " n'est guère le mot qui convient.

— Ça ne peut pas être lui. Ce doit être un de tes élèves. Il n'y a pas de signature. Et je maintiens mon mot " article ".

— Je doute qu'il s'agisse d'un élève. Bien sûr qu'il n'y a pas de signature! Ce n'est pas une photo publicitaire!

— Dis donc, tu le prends de haut avec moi.

— Oui.

— Je n'aime pas qu'on attribue ça à mon père.

— Ce n'est qu'une hypothèse. Mais rappelle-toi qu'il est venu chez moi vêtu d'un simple drap de lit pour me demander un rendez-vous. »

Il était facile de voir comment, rapprochant la créature de la nuit, repoussée la veille, de la photo anonyme d'un organe reçue par le courrier du matin, elle pouvait tirer des conclusions. La créature était bien son père, mais, jusqu'à plus ample informé, il continuerait à considérer la bite comme un mythe.

On aurait dit un papillon de nuit.

Il y a quelques années, il versait à boire dans son propre bar tiède et, il pouvait le dire, bien tenu, écoutant les entraîneurs de chiens de chasse, les ouvriers du bâtiment et les trimardeurs du coin qui, fuyant la chaleur, le froid, ou l'absence de l'un et de l'autre, entraient pour prendre un verre qu'on leur payait parfois et parler, d'une façon générale, du spoutnik, de la parité des prix agricoles, des poules et des populations de gibier à plume.

Parmi eux, il y avait un lad de Lexington âgé de quarante printemps qui venait tous les samedis soir, déguisé, pour boire et faire le méchant. Un samedi où Dance l'avait mis à la porte, il avait attendu qu'il ferme et l'avait à moitié assommé avec un démonte-pneu dans son propre parking. Vêtu comme le Fils du Cheik, il avait offert à Dance, tandis que la jante s'abattait encore et encore sur sa tête et son visage, le curieux spectacle d'une face irlando-écossaise de demeuré, grimaçante de crime sous le grand nuage du turban.

Le lad avait disparu, échappant à toutes les poursuites judiciaires connues pendant quatre mois. Dance se remit, encore que son nez, qui s'était détaché complètement et avait glissé plus bas que sa joue, parût bizarre depuis. Il n'avait pas forcément l'air cassé, mais on

aurait dit que Dance l'avait ramassé dans une vente
d'effets appartenant à quelqu'un d'autre.

Par un torride après-midi d'été, où il devait faire
trente-trois degrés à l'ombre et où le bar était tout ce
qu'il y a de plus désert, Nichol Dance leva les yeux vers
l'embrasure lumineuse de la porte, découpée en bandes
de verdure, de chaussée à zébrures jaunes et de ciel, et
vit le lad entrer comme s'il flottait sur cette surface de
clarté désagréable. Il était déguisé en papillon de nuit
et commanda une crème de menthe avec de la glace
pilée.

Dance lui dit de ficher le camp.

« Pourquoi ?

— Parce que je vous le dis. Et dès que vous serez parti,
j'appellerai la police. » Il avait peur de lui.

« Je préfère rester et vous faire perdre la boule, répliqua l'autre, détectant cette peur.

— Vous allez pas me faire perdre la boule, dit Dance.

— Je l'ai déjà fait une fois. Et je vais vous dire encore
autre chose. J'ai à la main un fusil à canon scié et je
vais vous le vider dans le cul. »

Le lad était assis trop près du comptoir pour que
Dance puisse voir ce qu'il tenait. Mais il avait son propre
revolver, l'utile colt Bisley à la crosse en ivoire mexicaine. Et il le braqua à travers le mince lambris qui
recouvrait le devant du comptoir. Le lad avait la main
droite sur ses genoux et fumait de la main gauche avec
une maladresse évidente. Ils conversèrent pendant une
interminable demi-heure, le lad parlant de sa voix
venimeuse. Au premier geste qu'il fit de la main droite,
Dance l'envoya rouler au milieu de la pièce. Où il resta
étendu sans bouger, toutes ailes déployées, en faisant
une petite tache.

La police découvrit que le lad n'était pas armé. Et
Dance, déjà impopulaire parce qu'il venait de l'Indiana,

puant la quincaillerie et le marronnier, fut arrêté. C'est seulement au procès qu'il apprit le nom du lad : George Washington. Et il se fit rappeler à l'ordre pour outrage à magistrat, s'étant écrié : « Quel nom pour cet enculé de charlatan ! »

Et maintenant, vingt et un ans après, à Key West, du diable s'il n'y avait pas un autre drôle de papillon qui le suivait partout la nuit. Dance se coupa une autre tranche de sériole et déboucha une bière. Un homme avec la vie qu'il avait devait, pensait-il, se tailler un chemin à travers pas mal de viande. Mais je ferai ce que j'ai à faire. Je suis, si on peut dire, tout ce que j'ai.

Sur l'îlot de Big Pine, la première lueur de l'aube pénètre la haute forêt bruissante. Un petit daim, de la taille d'un chien, pose quatre sabots parfaits en forme de scarabée sur l'autoroute AlA et se fait écrabouiller par une Lincoln Continental sortie depuis quatre semaines des usines de la firme Ford et transportant trois amiraux à destination de Miami où ils se rendaient à un déjeuner organisé pour lancer une campagne d'appel de fonds. Les feux arrière montent brusquement au pont de Pine Channel et disparaissent. L'utopie capitaliste progresse d'un chiffre égal au poids du petit daim divisé par l'infini, et le grand Règlement, d'un chiffre égal à ce poids multiplié par l'infini. Un cortège funèbre de charognards, d'insectes et de micro-organismes qui travaillent assidûment entre deux passages de la circulation emportent le petit daim chez eux, parcelle par parcelle.

Miranda alla dans la salle de bains. Elle y resta cinq à dix minutes. Quand elle en sortit, elle avait les cheveux en désordre et quelques bigoudis en plastique parsemaient arbitrairement sa tignasse. Elle s'assit sur le lit et se mit à hurler. Son visage ne portait aucune trace de maquillage. Elle avait l'air d'une pauvre fille sur une mauvaise photo d'identité.

« Cette maison à la con me rend dingue. Tu es sans travail et moi je suis enceinte !

— Chérie, chérie... J'essaie...

— Essaie mon cul ! Tu sors avec des tapettes pendant que je reste à la maison avec un B. 29 dans le hangar !

— Un B. 29 dans le hangar ! » Skelton tomba à la renverse. Miranda le regarda avec colère.

« Et je traîne mon cul dans cette maison de merde pendant que tu vas jouer au golf avec des pédés et des snobinards !

— Ça suffit !

— Tu l'as dit ! Ça suffit ! Je m'en vais quitter ce palais de cafards et te laisser mijoter dans ton jus comme tu le mérites, espèce de minable morpion !

— Dis donc, attends une minute, qui est-ce qui a un diplôme ici ?

— Je vais te dire ce dont j'ai marre, hurla-t-elle. J'en ai marre de ces beaux-pères qui viennent vous rendre visite à minuit, enveloppés d'un drap, et de toutes ces photos vicelardes dans le courrier ! J'en ai marre et plus que marre ! »

Un coup frappé à la porte. Miranda alla ouvrir. Skelton tendait l'oreille dans le cabinet. C'était une voisine. Miranda lui expliquait que oui, elle ne se trompait pas. Ils faisaient de la psychothérapie. A n'interrompre sous aucun prétexte, sans quoi on alerterait l'Association médicale.

Quand ses amis ne lui téléphonaient pas pour lui demander conseil, quand elle n'avait pas de repas à préparer, qu'elle n'était pas accaparée par les petites manigances compliquées de la vie sociale à Key West où, bien

des années auparavant, on l'avait cooptée comme une
sorte de servomécanisme sans lequel le jeu eût été plus
carnassier qu'il ne l'était parce que, à un degré presque
inimaginable à notre époque, elle était elle-même une
généreuse personne; quand cette absence d'occupations
faisait apparaître une lacune criante dans son existence
d'épouse, de mère et de belle-fille de trois hommes du
même nom et à certains points de vue de la même
farine, elle se réfugiait dans la chambre à coucher et
pleurait en silence, sans un seul sanglot, simplement elle
épanchait sa lassitude vis-à-vis de ces hommes qui
étaient devenus des créatures de leur propre imagina-
tion. Et dont elle aurait probablement dû se séparer
depuis longtemps. Après quoi, elle se remettait suivant
un moyen bien à elle : une serviette trempée dans de
l'eau glacée pour se baigner les yeux, puis, au lieu de
son discret rouge à lèvres habituel, elle se passait du Fire
and Ice qui avait précisément la couleur du sang brillant, riche en oxygène, d'un animal mortellement atteint
d'une balle en pleins poumons (la blessure fatale imaginaire de Skelton aurait été du même rouge) et mettait un
peu de fard pour souligner ses pommettes saillantes (son
grand-père, un officier de marine de l'Oklahoma, avait
du sang indien dans les veines, dont il n'était pas fier).

Elle était moins humiliée que démoralisée par la dernière extravagance de son mari. L'humiliation était
morte lorsqu'il avait été réformé et lorsque, longtemps
après que Key West eut appris le motif de sa réforme :
la maladie mentale, il avait publiquement déclaré
qu'Hitler était une invention du Club des journalistes
de Miami. Il n'en croyait rien, bien entendu, mais prétendait que cela ouvrait, du point de vue de la réflexion,
d'intéressantes perspectives. Sa foi dérisoire en une
bêtise sélective au sein de la bêtise universelle faisait
qu'il lui avait été impossible d'amener quiconque ne fût-

ce qu'à rêver autour de ses théories, suivant lesquelles, dans un univers monstrueusement linéaire et soumis aux lois de Ptolémée, les bons avaient besoin des méchants pour occuper l'autre extrémité de la balançoire. C'était une idée simple, comme celle de Darwin, de Francis Bacon et de Jack l'Éventreur.

Tout s'était donc effrité entre ses doigts, le menant à son alitement actuel. Et maintenant, sa philosophie s'exprimait dans sa fascination à l'égard des arrières qui passaient la mêlée défoncée et pouvaient encore gagner une trentaine de mètres. Il croyait aux passes croisées au niveau de la première ligne. C'était là une chose que la mère de Skelton pouvait comprendre, aussi fragile que fût la comparaison. Son problème était désormais de découvrir dans quel sens la disparition de son mari dans les ténèbres était une " passe ".

Quand Faron Carter était avec sa femme, il s'arrangeait pour vider son visage de toute expression. De la sorte, il réussissait à ne pas lui laisser voir quand elle marquait des points et quand elle en perdait. C'était un bon petit truc, sans lequel il se serait probablement retrouvé dans la cellule capitonnée d'un asile de fous, à se taper la tête contre les murs. Lorsque son visage était ainsi dépouillé de toute émotion, il avait une grande bouche inexpressive semblable à l'entrebâillement d'un couvercle de cocotte.

Aujourd'hui, sa femme repassait devant le poste de télévision tout en regardant une émission de danse destinée aux jeunes. La musique explosait avec une telle force qu'il sentait vibrer la planche à repasser lorsqu'il y posait la main. De temps en temps, on leur ménageait de gros plans des danseurs tirant le bout de la langue. C'était fantastique.

Jeannie Carter avait été, vingt ans auparavant, une

jolie majorette d'Orlando, mais maintenant on aurait
dit un cadavre ambulant. Elle donnait l'impression que,
pour peu que vous vous avisiez de lui toucher le
front du doigt, son crâne allait dégringoler sur vos
genoux. C'était une femme à bout de souffle, dont les
médiocres acrobaties et agaceries étaient tellement
dépassées qu'elles étaient tout juste bonnes à arracher
un rire obscène par une nuit de morte-saison. Aussi,
pour tromper sa mortelle faim, avait-elle besoin d'une
multitude d'objets. C'était une petite sociopathe solitaire
toquée d'acquisitions, que seul un baisage collectif
hebdomadaire derrière les murs du lycée aurait pu sauver de ses débauches d'achats. Car elle n'était pas si
décatie qu'un club d'étudiants eût dédaigné de faire la
queue devant elle comme ils l'eussent fait, dans les montagnes disons, devant une robuste brebis ou une génisse
hérissée de chardons et de bardanes. En réalité, Faron
Carter faisait de son mieux. Mais lorsqu'elle gigotait sur
son ample torse avec des yeux exorbités, entortillant
autour de son simple bout une vulve farouche et cos-
miquement insatiable, tout se déroulait pour elle comme
au sein d'un espace morne et infini qui ne pouvait se
transformer en un lieu vivable qu'au moyen d'acquisitions, encore et encore.

Et pourtant, elle ne cherchait nullement, avec ses pos-
sessions hétéroclites, à faire du tort à ses voisins ni
même, Dieu sait, à se singulariser aux yeux de ses amis
ou de ce qui lui restait de famille.

La première babiole avait été le modeste pavillon en
ciment qu'ils habitaient, avec ses deux chambres à
coucher, ses w.-c. dallés de mosaïque et sa salle de séjour
typiquement floridienne. Aux murs étaient accrochées
des reproductions plus navrantes que détestables, ainsi
que les trophées de Carter, ses records mondiaux
empaillés.

La seconde babiole était le break climatisé, entièrement équipé à l'électricité et où tout était asservi. Il était de couleur crème, avec des garnitures en Naugahyde repoussé. Au bout de dix mois, tout ça était vierge d'éraflures : ils n'avaient pas d'enfants. Je veux que mon Gran Torino soit éraflé, soupirait Jeannie. Je veux que le riche lambris en simili-chêne et cerisier soit couvert d'égratignures à cause d'un petit bonhomme. Je veux que ce polisson me fasse piquer des colères folles parce qu'il tripatouille le changement de vitesses Selectshift Cruise-O-Matic, le volant à trois rayons RimBlow Deluxe ou les vitres à commande automatique Powerplus. Je veux, sur le revêtement facultatif en vinyl de couleur assortie, découvrir du chewing-gum portant l'empreinte de ses précieuses petites dents.

A chaque tempe, Jeannie avait des veines à peine visibles qui transparaissaient sous la peau. On n'aurait pas aimé les toucher non plus. Quand jadis elle joignait ses talons sur la ligne de cinquante, les deux boules de caoutchouc de son bâton traçant un cercle pâle tandis qu'elle exécutait ses impeccables moulinets, ses fesses parfaites, moulées et gainées de satin argent, plongeaient la moitié des spectateurs dans une véritable frénésie masturbatoire qui leur brouillait le début du spectacle.

Et Jeannie le savait. Tandis qu'elle faisait tournoyer son bâton, mettant un genou à terre pour le rattraper et caracolant sur le terrain avec une inconscience aujourd'hui culturellement inconcevable, elle était un simple gâteau rose pourvu d'une fente. Et deux vastes tribunes bondées de mâles en désiraient un morceau. Toute une civilisation remontant des rapides de m... dans un canot de ciment sans le moindre espoir de pagaie.

Aujourd'hui, avec des veines aux tempes à demi taries et un cerveau prêt à bondir hors de sa frêle et pâle enveloppe, elle avait la manie d'acheter. Et elle n'en éprouvait que du regret après coup. Non que Carter criât après elle. Il rentrait pour trouver une babiole impayée et Jeannie en larmes à côté du poste de télévision, occupée à sortir d'un coffret cadeau des tissus imprimés à fleurs de couleurs décoratives. Et il était triste parce qu'il revenait du déjeuner du Lions Club où la vie semblait belle. Alors qu'ici les choses n'avaient fait qu'aller de mal en pis.

C'en était arrivé au point qu'on leur envoyait des huissiers. Et parfois, quand Carter rentrait de la pêche, Jeannie était là, terrifiée parce que quelque malabar repu de viande était venu l'intimider par des menaces. Ou peut-être était même allé jusqu'à saisir le barbecue à infrarouges ou à intercepter une fourgonnette qui cherchait à livrer une causeuse.

Il y avait des années, dans le couvercle d'une boîte à maquillage dont elle se servait encore, elle avait gravé ce message, extrait d'un livre de Roger L. Lee intitulé *Conseils pour la majorette* :

> L'on a tendance, quand on défile, à raccourcir le pas. Si on le raccourcit de telle sorte qu'il devienne inférieur à soixante-quinze centimètres, on gênera le premier rang du cortège. Le premier rang, naturellement, sera obligé de raccourcir le pas à son tour, ce qui désorganisera le cortège tout entier.

Aujourd'hui, Carter dut expliquer, une fois de plus, qu'il ne pouvait pas avoir tous les clients qui se présentaient. Il y avait au bassin un autre guide aussi demandé que lui et un jeune type, un vrai de vrai, qui se faisait construire une barque.

« Si tu en parlais à Myron, dit-elle.

— Myron n'a rien à voir là-dedans. Il vous informe toujours après coup. »

Les explications ne servaient à rien. Quand Jeannie avait pour la première fois aperçu Myron Moorhen à son bureau, avec sous ses doigts des feuilles jaunes et des colonnes de chiffres qui se déroulaient jusqu'au mot TOTAL, un déclic s'était fait en elle. Myron possédait le mot de Sésame. Et, si on savait lui parler comme il faut, l'immense espace désert mettrait en branle toutes sortes de courroies et d'engrenages.

Et tous les problèmes seraient réglés.

« Je n'échangerais pas ce bon pour un empire, dit Olie Slatt. Ça m'a coûté les yeux de la tête de venir dans l'extrême sud des États-Unis et la pêche est votre point fort.

— J'espère que vous ne serez pas déçu, dit Dance, mais je m'attendais à vous voir un peu plus tôt et maintenant je suis pris pendant les seize jours qui viennent.

— Qu'est-ce que ça veut dire?

— Ça veut dire que vous ne pourrez pêcher avec moi au plus tôt que dans dix-sept jours à partir d'aujourd'hui.

— A quoi sert ce sacré bon alors? J'ai dégobillé pendant dix heures pour l'avoir!

— Attendez, Mr. Slatt. Ce bon est valable pour une journée de pêche. Vous pouvez aller avec l'autre gars, le vieux qui m'a appris en fait tout ce que je sais. »

Olie Slatt portait ce jour-là un complet vert en tissu écossais, un peu court aux poignets et aux chevilles comme un habit à la Charlot, sauf que, squelettique comme il l'était, il présentait une surface résistante et cartilagineuse qui, dans ce complet pour musée de cire, évoquait une secrète violence.

« Où puis-je trouver cet autre type? » Ses joues pâles, dans son visage maussade, semblaient pendre autour d'une bouche pincée.

« Là, dans la remise aux appâts.

— Non, mais regardez-moi. Est-ce que j'ai l'air d'un homme riche ? Est-ce que j'ai l'air d'un homme qui peut se payer des repas au restaurant Howard Johnson's pendant seize jours d'affilée pour aller pêcher le dix-septième ? Ma parole, on doit porter ici de drôles de frusques pour que vous pensiez.ça de moi.

— Enfin, vous entrez là, vous demandez Faron Carter et vous lui remettez votre bon. Ce vieux bonhomme est un véritable aigle-pêcheur. Tout ce qui nage dans Monroe County, il l'attrape. »

Olie Slatt se retourna avant de franchir la pelouse. La fente de son veston écossais bâillait sur son pantalon. « J'ai dégobillé de la tarte pendant dix heures pour avoir ce bon. Mon nez me brûle encore et j'ai mal aux tripes comme si une mule m'avait décoché des coups de pied dans le ventre. Alors n'essayez pas, vous ou vos copains, de vous débarrasser de moi ou de me traiter comme le dernier des derniers, parce que je vous promets que je reviendrai ventre à terre et que vous m'aurez à vos trousses comme un chien enragé. » Carter était sorti entre-temps sur le seuil de la remise et écoutait. « Je compte repartir dans le Montana avant dix jours avec un trophée sous le bras ou sinon vous aurez de mes nouvelles. J'ai passé mes heures de loisir sur le Missouri à pêcher la spatule et le sandre canadien, et j'ai toujours rêvé de revenir un jour chez moi à Roundup avec un trophée des tropiques. Tout le monde sait pourquoi je suis ici. Je serai déshonoré si je ne reviens pas avec la marchandise. » Pendant tout ce temps, Olie Slatt avait le buste tourné sur sa croupe luisante, de sorte qu'on pouvait voir chaque bouton de son complet écossais bien boutonné et ses jarrets tendus sous les fines chaussettes blanches tandis que tout son corps, de la tête aux pieds, vibrait de colère. Et Dance, déjà anéanti par la vie en général, regardait Olie Slatt et il pensait qu'il se conduisait comme une grenouille au milieu d'un essaim de mouches de fruits.

Skelton découpait le toit de la carlingue au-dessus du centre de sa seule véritable pièce quand la sonnerie du téléphone retentit.

« Tom, ici Cart.

— Bonjour. Qu'y a-t-il pour votre service?

— Où en est votre skiff?

— Powell a appliqué une première couche de peinture à l'intérieur. Encore une et je pourrai monter le moteur.

— Vous voulez guider dans huit jours?

— Oui.

— J'ai ici un sportif qui vient de l'État du Montana.

— Inscrivez-le, Cart.

— Si vous pouvez lui procurer une belle pièce, je pense qu'il la fera empailler. Et je vous obtiendrai une ristourne chez le taxidermiste.

— Dites-lui de venir dans une semaine, jour pour jour, à huit heures et demie. »

Il travailla pendant un certain temps à l'ouverture qu'il pratiquait dans le toit de la carlingue, là où il avait tracé une longue forme ovale au crayon gras. Dans la cour, il possédait un dôme transparent en plexiglas qui provenait d'un matériel de radar militaire. Il avait appartenu, comme on disait à Key West, à l'U.S.N., c'est-à-dire à la Marine, et Skelton l'avait eue pour presque rien. En l'espace d'un jour, il mit en place ce dôme au-dessus de l'ouverture, le fixa avec des boulons sur un joint taillé à la main et, pour plus de sûreté, le scella avec du mastic aux silicones.

Maintenant, quand il pénétrait dans la carlingue et qu'il refermait la porte étanche, il apercevait en levant les yeux un immense ovale de ciel bleu, qui n'était presque jamais sans au moins un oiseau. Et quand le

soleil se couchait, il pouvait se croire dans un plané-
tarium.

Il avait une longue table dans la pièce. Et la couchette
était au-dessous de la verrière. Elle ressemblait à une
couchette ordinaire à deux lits superposés, sauf qu'à
la place du lit du bas il y avait des éléments de rangement
et une étagère pour son poste de radio Zenith Transo-
ceanic et les livres qu'il lisait en vue de devenir un meilleur guide, toujours les *Poissons* de Bohlke et *Croissance et
morphologie* d'Arcy Thompson.

Le Zenith était superbe pour capter de lointaines sta-
tions de musique folk :

> *Un jour, quand viendra le monde de nos rêves*
> *Et que ces temps durs seront finis...*

Pour cuisine, il avait celle d'un chalutier Mobile qui
avait sombré entre Washerwoman et de hauts-fonds
américains pleins de pêcheurs de crevettes trop soûls
pour se noyer.

Tous les efforts de Skelton tendaient vers une communauté autonome formée d'une seule personne. Devant
l'impossibilité du clonage, il était concevable qu'il se
marie. Mais il n'en était encore qu'au stade des projets.
Son petit bout de terrain renfermait une citerne. Une
fois qu'il aurait réaménagé la prise d'eau (il ne voyait
pas encore comment l'incorporer à la carlingue), il s'at-
taquerait au jardin. Puis il réduirait peu à peu son
horaire de guide à une journée par semaine, en compagnie de gens qu'il avait envie de voir. Le temps qu'il
aurait de reste, il l'emploierait à des recherches entièrement gratuites sur le monde de la nature, allant de la
biologie à la méditation sur la lune. Tout cela d'après le
principe, le principe absolu, que chaque chose vient en
son temps.

Le communisme, on devrait dire en fait le commun-hisme, pensait Goldsboro Skelton, car c'est ainsi qu'il concevait la chose, a eu, Dieu sait, des conséquences néfastes et désastreuses pour le monde. Mais le seul commun-histe d'envergure d'Amérique latine, Fidel (il l'appelait Fido) Castro, lui avait fait une faveur incommensurable en décidant de relâcher le mari de Bella Knowles, Peewee, interné à l'île des Pins, où il avait indubitablement passé de tristes heures à expier le seul acte viril qu'il eût jamais accompli : envoyer en contrebande tout un chargement de Springfield à une poignée de contre-révolutionnaires de Camagüey si fourbus qu'ils livrèrent le petit expert d'assurances aux castristes par pur ennui et avec un faible espoir de récompense. Peewee Knowles avait simplement cherché à amortir le coût de sa piscine, comme n'importe quel autre citoyen que le plan Morris avait laissé le bec dans l'eau.

Cet éclair de pensée qui faisait que Goldsboro Skelton remerciait sincèrement Fidel Castro de rapatrier le mari de Bella avait son origine dans un long interrogatoire qu'il avait dû subir de la part de celle-ci à propos de feu son épouse. Après avoir patiemment supporté toutes ses questions, il la réduisit enfin au silence par une remarque qui la choqua :

« Elle avait des nichons comme ça, dit-il, et quand elle est morte, j'ai jeté un billet de cinq dollars dans la fosse et j'ai tourné la page. Elle avait le mal de Bright, un foie qui pesait dix livres, et elle a laissé deux cent cinquante mille dollars aux *Daughters of the American Revolution* dans l'espoir fort incertain que l'Amérique cesserait de produire des êtres comme moi et mon fils.

— Ton fils est un peu bizarre. Quant à ton petit-fils...

— Ils sont parfaits.

— Goldsboro !

— Parfaits.

— C'est ce que tu dis.

— Et la prochaine fois que tu me répondras sur ce ton, je t'expédierai, toi et ta culture musicale, dans la banlieue de Miami. Tu iras y faire des disques pour apprendre à parler aux perruches.

— Ça m'est égal pourvu que je revienne à temps pour voir pousser le petit crétin le long de Duval Street, à Pâques, dans son moïse à moustiquaire.

— Je me demande comment j'ai pu te permettre pendant si longtemps de faire l'insolente avec moi et de me répliquer de la sorte. »

Nous avons tous une histoire à raconter, n'est-ce pas, pensait le vieil homme. Et c'est toujours une bonne histoire. Absolument toujours. Ce qui l'excitait le plus dans sa soixante-dixième année, c'est que c'était peut-être la même pour tous.

Dans le crépuscule grouillant du boulevard Roosevelt, les mouettes tournoyaient autour des réverbères parmi le brouhaha des marchands bonimenteurs. Thomas Skelton déambulait le long des bassins des bateaux de charter avec le sentiment de plus en plus fort qu'on allait lui régler son compte.

Dans les manuels de physique, les « diagrammes de force » montraient des boules soumises à l'action de divers vecteurs. La question est : si je suis la boule, où vais-je aller ? Vais-je, pensa-t-il, aller par exemple dans le droit chemin ? Aller à la va comme je te pousse ? Aller au diable ? M'en aller gros Jean comme devant ? Crier : allez-vous-en ? Me laisser aller dans mon pantalon ? Ou vais-je rassembler mes affaires et attendre de m'arrêter sur l'ordre de forces supérieures qui exercent une action sur la simple boule que je suis ? La réponse était le naïf : « 'Chais pas » des bandes dessinées de Joe Palooka.

Quand ce que nous redoutons le plus se produit, que nous perdons « la face », nous regardons avec surprise autour de nous en nous écriant : « Moi! 'Chais pas! »

Skelton, emprisonné dans sa caserne, s'étonnait qu'on pût dire ce qu'il fallait dans une situation qui était mauvaise et que tout l'enfer se déchaîne. Il avait trouvé ce qu'il fallait dire, l'avait dit et tout l'enfer s'était déchaîné. Un tribunal militaire venait de le juger coupable d'entraver l'effort de guerre.

La Seconde Guerre mondiale allait devoir se démerder sans lui. Il avait poussé peut-être un peu trop loin cette histoire d'Hitler et du Club de journalistes de Miami. Mais sa destitution actuelle était moins la conséquence de cette mystification que de ses commentaires sur les perspectives de victoire dans la guerre, commentaires qui, disait-on, démoralisaient les hommes. Et surtout le genre de simples soldats qui se trouvaient à Fort Benning en 1943, année de fer, contraints de sauter tous les jours en parachute de la tour d'entraînement où des lourds appareils du régiment des paras et qui, le plus souvent, venaient de l'un de ces trous perdus qui n'existent plus guère, où l'on vivait sans nouvelles, à l'abri des événements extérieurs ou des aventures nationales, et qui s'étaient depuis longtemps voués corps et âme à de moins aléatoires productions de la collectivité humaine, des saisons et des causes naturelles.

Ces « rustres », comme les appelaient pour rigoler les membres d'un corps d'officiers qui se cachaient pour sauter des petites cotonnières de treize ans, pensaient que Skelton était timbré, tout comme le pensait son amie à Key West, avec sa géniale intelligence, sa mémoire quasi photographique et sa curieuse, pour ne pas dire scandaleuse, expérience personnelle.

Mais un colonel de Long Island, New York, « à qui on

ne la faisait pas » et qui devait, quelques années plus tard, être un souscripteur fondateur de la série des Grands Livres du monde occidental de Mortimer J. Alder, résolut de piéger cet oiseau avant qu'il ait bousillé le moral de sa phalange de chair à canon.

En moins de dix jours, il fit mettre Skelton sous de solides verrous dans la prison de Fort Benning, avec la perspective des travaux forcés pendant toute la durée des hostilités.

Et moins de quarante-huit heures après, le colonel et futur souscripteur des Grands Livres du monde occidental se retrouva (après avoir pris le car à ses propres frais) à Peachtree Street, Atlanta, dans un bureau d'assurances tranquille, que venait d'évacuer le personnel, en présence d'un sénateur à la retraite et un certain Goldsboro Skelton de Key West, Floride, fils du dernier important sauveteur d'épaves de cet îlot, héritier d'une fortune bâtie sur des naufrages et naufragée depuis lors à son tour, un maniaque et apoplectique homme d'affaires, escroc et manœuvrier politique. Son compagnon était un sénateur de la vieille école de Soufland, une sorte de compromis saugrenu entre le portrait de l'homme qui orne le paquet des Quaker Oats et une belette des marais.

Goldsboro Skelton ignorait tout de la politique en Georgie, sauf qu'elle était pourrie, mais cela, tout le monde le savait. Il ne connaissait pas grand-chose non plus, si on allait par là, à la politique de la Floride continentale. Mais en une heure d'entretiens téléphoniques il était capable d'établir un pont d'escrocs inéluctable jusqu'à n'importe quel parlement d'État à plus de trois mille kilomètres à la ronde. Ce mécanisme du crime semi-respectable, avec son système interne de faveurs, constitue une imbrication sociale aussi belle en son genre que les circonvolutions du nautile.

« Sénateur, dit Goldsboro Skelton, veuillez faire part à notre ami le colonel de ce que vous venez de me dire. »

Adoptant aussitôt le style ronflant de rigueur, le sénateur déclara qu'il ne « donnerait pas cher » de la « triste et misérable peau » du colonel si celui-ci ne trouvait pas le moyen de renvoyer en vingt-quatre heures le jeune Skelton dans l'îlot de Key West, nanti de tous les certificats de réforme nécessaires pour le délivrer de l'armée américaine et de tous ces « abrutis et pisse-froid » comme lui-même, qui étaient autorisés à tourmenter de jeunes garçons en Georgie tandis que des hommes mûrs étaient occupés au loin à flanquer une bonne raclée aux puissances de l'Axe.

« Messieurs, dit le colonel en essayant désespérément d'oublier Long Island et de s'insérer dans ce mécanisme de manipulation dont ces arrogants chrétiens l'avaient convaincu qu'il existait bel et bien, vous voulez me faire passer pour un âne.

— Colonel, dit Skelton, si vous saviez le peu de distance qui sépare l'âne du rata et du singe... » Il fit un petit geste de la main, laissant au colonel le soin d'achever sa pensée.

Il y eut une révision du procès à l'issue de laquelle on jugea que Skelton avait le cerveau détraqué et on le renvoya dans son foyer à Key West pour cause de maladie mentale.

Des années plus tard, lorsque le colonel en retraite, qui travaillait maintenant pour le compte des Savons Lever Brothers, consultait le tableau synoptique des Grands Livres du monde occidental afin de trouver quelque chose qui chatouillerait sa mémoire de soldat, une perle de Thucydide, par exemple, le mot SINGE lui revenait à l'esprit et, plus que ses Exploits Contre l'Ennemi, il revivait cette journée à Peachtree Street où la bravoure avait consisté à se faire traiter d'âne. En pareil moment, il pouvait considérer les bandes de Ritals et de Youpins qui avaient envahi son Long Island avec un sentiment de jubilation apocalyptique qui le préparait au millénium, à la sénilité, à l'aliénation et à la dyspepsie.

Le Dr Bienvenida avait accompli l'impossible. Il s'était échappé de Cuba, lui et son excellente formation, et, de surcroît, avait réussi à développer sa clientèle. Quarante-six Havanais prospères s'étaient réfugiés à Cayo Huesco; de sorte que, sur le plan professionnel, il ne chômait guère, guère plus en tout cas que le temps qu'il mit à parcourir les quatre-vingt-dix milles de la traversée à bord de son bateau de pêche sportive Hetteras. Dans le ton qu'il adoptait avec ses patients, il y avait donc une certaine absence de hâblerie professionnelle, une certaine rudesse propre à rassurer un malade. Pour le moment, il avait Jeannie Carter devant lui et il se pencha lentement pour lui annoncer la nouvelle, le stéthoscope ballottant sur sa poitrine et ses mâchoires bleuâtres imperceptiblement tendues en avant.

« Il est mort », dit-il. Jeannie Carter était si crispée que, lorsqu'elle se leva du siège en naugahyde, son postérieur moite se décolla avec un bruit de déchirure. Elle se retourna pour détacher le tissu de ses cuisses.

« Il est mort ?

— Oui.

— Oh! mais, docteur! »

Elle se mit à sautiller dans le bureau du médecin, les pieds joints, exécutant une série de pirouettes qui n'étaient pas sans rappeler ses cabrioles sur la ligne des cinquante mètres lorsqu'elle était au collège d'Orlando.

« Bonbons! Caramels exquis! » Ou quelque chose de ce genre.

Le lapin s'en était allé (elle n'avait pas la rude franchise du docteur), mais un petit être se glisserait bientôt dans ce monde de sardines. Elle pensait à la cigogne.

Bien entendu, après avoir défilé sur des terrains de football devant des milliers de verges au garde-à-vous, Jeannie Carter n'était pas naïve au point de croire que la mort du lapin annonçait l'arrivée de la cigogne. Mais c'était plus fort qu'elle, le grand oiseau blanc lui apparaissait, planant sur des ailes brillantes. Avec un bec assez gros, c'est sûr. Et un gosse dans un mouchoir.

Lorsque Carter rentra chez lui ce soir-là, fatigué, mais non sans jeter avant d'entrer un regard circonspect sur la salle de séjour pour voir s'il n'y avait pas quelque nouvelle babiole, Jeannie l'embrassa d'un air chargé d'heureux sous-entendus.

« Chéri, dit-elle, y a rien qui cloche avec toi.

— Qu'est-ce que tu veux dire ?

— Je crois que tu as mis en plein dans le mille. T'as su y faire, dis donc !

— Tu es enceinte, Jeannie ?

— Oui, mon chéri.

— C'est un vrai miracle. » Carter, pour sa part, voyait plutôt la cigogne sous les traits de Mothra, le monstre japonais du film d'horreur de fin de soirée, *Le Spectre volant*.

Il entra dans la salle de séjour floridienne. Il était las de pousser sa barque sur le foutu océan et s'assit sur le canapé dans sa tenue de guide kaki, les pieds en l'air. Jeannie entra à son tour quelques minutes après, pleine d'entrain tout à coup et même, franchement, de *joie de vivre* [1]. Elle tenait deux cartes publicitaires où l'on voyait des taches indistinctes, plus ou moins décolorées, sur fond blanc. Carter crut que c'était des fœtus.

« Voyons, Cart, dit-elle en se mettant à arpenter la salle, ne prends pas cet air excédé parce que c'est toi-

---

1. En français dans le texte. *(N. d. T.)*

même qui m'as demandé un peu plus tôt dans la semaine de t'expliquer quelle différence il y a entre un four autonettoyant pyrolytique et un four autonettoyant catalytique.

— Mais je t'écoute, bon Dieu! » gémit-il. Il essayait de faire la relation entre le four autonettoyant et sa femme.

« Je te crois, Cart, je te crois. Eh bien, sur cette carte, on voit la plaque d'un four pyrolytique General Electric qui a été salie par de la tarte aux pruneaux. » Elle retourna la carte. Ce côté-là était vierge. « Le cycle de nettoyage est terminé et il ne subsiste plus aucune trace de saleté! »

Elle brandit une autre carte représentant le même margouillis. « Ça, c'est la plaque du four catalytique, qui est meilleur marché, salie par la même tarte aux pruneaux. » Elle fit pivoter la carte. L'envers était identique à l'endroit : dégoûtant. « Après une période de cuisson de cinq heures, la saleté n'a pas disparu de façon sensible. Et même au bout de cent soixante-huit heures de cuisson à une température de 200°, la plupart des taches faites par la tarte aux pruneaux restent incrustées sur la plaque! »

Avec la grâce élémentaire d'un puma, Cart se leva du canapé et se mit à poursuivre sa femme. Un peu d'écume se rassembla aux commissures de ses lèvres.

Le skiff était terminé. Skelton l'inspecta, se postant derrière pour apprécier la courbe de l'hiloire du cockpit. Il était caréné jusqu'au pont du lancer, sans la moindre arête vive. La finition était parfaite, tous les bouchains présentaient une surface lisse et ronde. Skelton fit le chèque.

« Vous ne me croirez pas, dit James Powell, mais il y a un homme qui est venu ici, pieds nus, vêtu d'un vieux pantalon d'uniforme de la marine attaché par une ficelle

et d'une sorte de drap, et qui m'a offert dix mille dollars
pour ce bateau.

— C'était mon père.

— Il est drôlement habillé.

— Il veut m'empêcher de devenir guide.

— Vous y êtes décidé alors?

— Bien sûr!

— Achetez un revolver.

— Les nouvelles circulent, à ce que je vois.

— Les nouvelles comme ça, oui. »

Ils poussèrent à la main le skiff, hissé sur la remorque,
à travers la porte en tôle ondulée du hangar. La
voiture de Miranda, avec Miranda à l'intérieur, était
garée dans la rue. Skelton souleva le crochet de la
remorque et l'enclencha sur la boule.

« Merci, James. Le skiff est cent fois plus beau que
je ne l'espérais.

— Je suis content moi aussi. Vous me ferez faire un
tour un de ces jours?

— C'est promis.

— J'ai pas voulu construire un cercueil, vous savez.

— Il est beau! » dit Miranda. Elle conduisait. Skelton
tournait la tête sans arrêt pour voir si la remorque
suivait bien. L'avant de la barque se profilait dans la
vitre arrière. « Ça compte beaucoup pour toi?

— Bientôt, oui, ça comptera.

— Quand?

— Quand je l'aurai payé et que j'aurai étrenné le
vivier et le moteur. Pour l'instant, le bateau est simplement beau et la beauté n'a pas grand intérêt.

— Et Breughel alors, et Vermeer et Cézanne?

— Ils n'ont pas construit de bateaux.

— Tu es un plouc.

— Pire, je suis un pêcheur professionnel. Je jetterais
de l'eau sur un homme qui se noie.

— Pourquoi ce numéro?
— Inscription maritime.
— Et la vignette orange?
— Vignette d'exploitation commerciale. Non, le bateau compte beaucoup pour moi, mais on éprouve toujours une certaine déception quand on obtient quelque chose qu'on a désiré à ce point.

— Je voudrais bien savoir quels sont tes plans.

— C'est d'aller directement au ciel.

— C'est aussi ce que voulait mon père. Il est devenu pasteur de l'Église épiscopale. Jusque-là, il s'intéressait au ciel. Après, il s'est surtout intéressé aux chevaux de race. Et après les chevaux, à une dame qui chassait le renard à cheval.

— Et à quoi ça a mené? » Le bateau suivait doucement sur la remorque.

« A une naissance. Ma mère a pris un appartement près de Canaveral, a divorcé et a épousé un agent immobilier. Lequel agent immobilier a été ruiné quand la NASA s'est transportée au Centre de recherches spatiales de Houston et que tous les lotissements sont retournés à leur état primitif de mares à grenouilles. Puis ma mère s'est brisé les reins dans un accident de jeep pendant le concours Audubon de recensement des oiseaux à Noël. L'agent immobilier l'a quittée et maintenant elle vit seule avec mon demi-frère. Mon père lui en a confié la garde pour pouvoir aller vivre à Florence sur les rives de l'Arno avec la fille qui tenait le stand des pâtisseries à la kermesse paroissiale, une monitrice de golf nymphomane. Mon père s'adonne à l'éther et leur appartement pue. La fille traîne à l'American Express et a une chambre à elle derrière le Dôme pour ses rendez-vous, en général avec des clients des boutiques américaines de souvenirs, qui ne sont pas toujours forcément des hommes... Mais ma mère est heureuse, bien qu'elle

regrette tous ces savants de la NASA. Beaucoup d'entre
eux aimaient bien les petits oiseaux...

— Et ton père a trouvé le paradis auprès d'une
vendeuse de pâtisserie nymphomane et un peu lesbienne
sur les bords dans la ville de Michel-Ange.

— Je tourne ici?

— Non, à la prochaine rue.

— Il a trouvé quelque chose en tout cas. Quand
comptes-tu trouver ton paradis?

— J'avais autrefois ce qu'on pourrait appeler une
vision. Cinq ou six petites idées géniales pour vivre bien
et vivre libre. Aucune de ces idées, sans doute, n'était
simple. Mais je ne m'attendais pas à avoir à me battre
pour elles. Il semble que je vais rester ici avec les autres
carnivores. Il va falloir que je trace quelques pistes. Rien
de trop visible. Juste quelques petits sentiers sinueux
avec des tourniquets à double sens... Range-toi ici, près
de la cale sèche.

— Des tourniquets à double sens!

— Sur ma route vers Jésus.

— C'est une plaisanterie?

— Arrête-toi ici. Tu as des devoirs en tant qu'auto-
mobiliste. Je vais reculer la remorque dans le hangar. Ce
qu'il nous faut, c'est Notre-Dame du Skiff. Encore que
les faits semblent prouver qu'elle ne protège guère
les petites embarcations, aucun bateau de moins de
quinze mètres en fait, à moins qu'il ne soit pourvu d'un
pont en teck ou d'un équipement électronique excep-
tionnel. »

Il amena le skiff dans le hangar sans difficulté,
détacha la remorque, et Miranda alla se garer. Skelton
resta pour voir les hommes mettre en place le gros
moteur Evinrude, qu'ils firent descendre à l'aide d'un
treuil sur le tableau. Il regardait la brillante culasse
neuve, galvanisée et compacte sous le voile d'huile

légère. Le Delco était visible entre les branches du V
formé par les deux cylindres ailés. Et le toron de distri-
bution envoyait ses conducteurs aux divers points de
jonction étanches de la culasse. Skelton regardait de tous
ses yeux, sourd à la rumeur lointaine de la circulation.

Cela, comme ses livres, sa carlingue, son jardin
imaginaire, sa famille, ses amours, sa religion et son
histoire personnelle, était un élément indispensable du
complexe spirituel qu'il s'inventait pour survivre et
grâce auquel il projetait de s'insérer entre la terre, la
mer et les étoiles avec la précision d'une gaufre dans un
gaufrier. Ou avec le genre de mortaisage que James
Powell avait pratiqué dans le bateau. Moins une absence
de couture que la fine robustesse d'une cicatrice.

Tandis qu'on équipait le bateau, Skelton proposa
d'aller à Big Pine déjeuner au restaurant d'huîtres Baltimore. Un hippie sénile en MG faillit les heurter de
plein fouet, puis leur fit un signe nihiliste de la main,
filant à toute allure comme s'il était en route pour une
Ultime Mission. Ils traversèrent Saddlebunch et Skelton
aperçut la zone de palétuviers et la crique où il avait
perdu les Rudleigh. Juste après Saddlebunch, Miranda
se lança dans une longue diatribe qui dura jusqu'à
l'îlot de Sugarloaf, tandis qu'il regardait à travers le
pare-brise d'un air un peu hébété. Ils croisèrent un
Greyhound dont le chauffeur était affalé sur le volant,
dans l'attitude professionnelle du conducteur. Voyait-
il? Les feux de frein du car s'allumèrent par trois fois
dans le rétroviseur. Oui, il voyait. Le visage de Skelton
se plissa en une grimace de lézard et un strabisme passa
dans son regard comme une ombre fugitive. Un petit
salut à Fiston, dans le garage Gulf : il croit que je
suis seul. Dans l'îlot de Summerland, un petit salut à
Copain dans le Sinclair : il voit que je suis avec une fille.
Un petit bar, là, à gauche, sur un radeau. Un coin sym-

pathique, mais pas de table. Des bateaux amarrés dans l'ombre, des paniers à homards empilés un peu partout et, de part et d'autre, l'océan. Dieu, si on ne touche pas à l'océan, je pourrai tout supporter. Une orfraie qui passe. Des émouchets sur les fils à l'affût des souris, là où on fauche l'herbe sur la colline. Et les caméléons, évidemment, dont le diaphane thorax et la délicatesse plutôt verte attirent les petits faucons. Big Pine et le restaurant d'huîtres Baltimore.

« Tu as faim? demanda Skelton.

— J'avais faim.

— Oh! bon Dieu, Miranda! »

Ils prirent place au bar. Le chef et propriétaire du restaurant était un ancien matelot de sous-marin, un gaillard chauve qui exerçait une silencieuse autorité morale pareille, se disait Skelton, à celle que devait avoir un Sam Johnson.

« Qu'est-ce que tu prends? demanda Miranda.

— Un potage au crabe.

— Moi aussi. On partage des huîtres?

— Quelles sortes d'huîtres avez-vous? demanda Skelton à la serveuse.

— Des deux.

— Elle veut dire des Chesapeake et des Apalachicola, expliqua Skelton à Miranda.

— Choisis.

— Alors, des Apalachicola. C'est une industrie nationale. Et vous nous apporterez un pichet. »

Les huîtres arrivèrent bientôt. « Prenons-les à même le plat au lieu de les partager », dit Skelton.

Il pressa le citron sur une huître, porta à ses lèvres la coquille hérissée de bernicles et poussa l'occupante dans sa bouche. La bruit courait qu'Apalachicola avait des problèmes d'eau. Mieux valait manger ces huîtres tant que c'était possible. Quelle perspective! Ma famille a mangé des huîtres Apalachicola pendant un siècle. Je proteste pour des raisons d'ordre familial. Les araignées ont tant d'insecticides dans le corps qu'elles ne peuvent plus fabriquer des toiles régulières. Skelton, levant les yeux vers Miranda, allait réitérer sa conviction touchant l'absurdité générale quand son regard tomba sur un bouton de son corsage, tiré par l'étoffe entre ses seins et presque sur le point de glisser hors de la boutonnière. Il savait que ces appendices étaient légèrement plus gros et plus fermes qu'un flan cubain réussi et ce rappel concret de son désir détourna sa pensée du désespoir. Il avait depuis longtemps appris que la vision d'ensemble est tragique, mais aussi, simultanément, que l'astuce consiste à s'intéresser à autre chose. Vu à 45°, tout devient rose. L'espoir de récompense dans ce genre de religion consiste à pouvoir fixer avec ennui le grand gouffre noir, en s'arrêtant seulement pour essuyer avec un mouchoir de lin propre le cadran de sa montre de poche afin que son futur propriétaire puisse la troquer contre une Bulova neuve en même temps que l'or qu'il aura fait sauter de vos dents indifférentes. Après tout, qui, emmanchant une femme vraiment désirée, peut sérieusement s'intéresser à l'idée que l'humanité est condamnée? A un pareil moment, cette idée même n'est qu'une pure fioriture. Après, dans la petite mort, une vision cosmique se déploie. Et le monde qu'elle étreint montre son visage, en d'infinis cycles nietzschéens.

Skelton, pour sa part, bien qu'il eût le double avantage de jouir d'une bonne santé et d'être exempt de soucis ordinaires, se félicitait de ce que ce fût depuis le tour que lui avaient joué Dance, Carter et les Rudleigh qu'il se sentait séparé des gens et des objets parmi lesquels il vivait.

Deux nuits plus tôt, il avait eu si peur que Dance le tue qu'il avait pleuré. Mais il n'avait pas ressenti la béance qui se creusa entre le monde et lui-même lorsque ses facultés essentielles de maîtrise de soi s'étaient mises à lui faire défaut. Lorsqu'il faisait des études de biologie, il ne voyait plus à la fin le lien entre le polype sessile qu'il disséquait et le firmament, c'est-à-dire en substance « la puissance et la gloire ». Ou du moins ce fut là le premier signe. Moins de deux heures après, seule la thorazine réussissait à éloigner Satan de sa vue assez longtemps pour qu'il pût rétablir le lien entre ce qui était lui et ce qui, palpablement, ne l'était pas. Encore une semaine et il était de retour à Key West, où le bruit courait qu'il « en avait rabattu ». Il veut être guide, disaient les gens en échangeant des regards entendus, il veut être dehors dans un foutu bateau tout le long du foutu jour.

Skelton jeta un regard en coin sur Miranda. Est-ce une femme facile ? Quand il était jeune, il était tout le temps amoureux. Une fois, ç'avait été d'une fille légère de la base appelée Joyce. Il possédait à l'époque une Chevy Bel-Air avec un moteur gonflé, avec une culasse spéciale pour la compétition et tout le tremblement. Joyce et lui emportaient une bouteille et s'en allaient dans les îlots où Joyce s'amusait parfois à courir le long des minuscules parapets des ponts et tombait (cela lui arriva deux fois) en évitant, on ne sait comment, de heurter les culées. Une oie, mais pas blanche. Elle s'était cotisée avec lui pour acheter un train de pneus lisses racing et faire des courses de vitesse avec des marins sur la A1A. Un ami de Skelton lui dit que si on pouvait voir sur Joyce tous les dards qu'on lui avait plantés dedans, elle ressemblerait à un porc-épic. Skelton lui envoya dûment son poing dans la figure. Puis Joyce et lui se perdirent de vue et il garda les pneus racing.

« Tu ne sais pas ?
— Non, quoi ?

— Je n'ai toujours pas revu mon paternel. Il ne s'est pas manifesté depuis qu'il est allé chez toi. Mais il y a une question que je voudrais te poser. Quand il t'a demandé un rendez-vous, crois-tu qu'il était sérieux?

— Non. C'était pour rire.

— Il n'est pas méchant.

— Veux-tu cette dernière huître?

— Non, prends-la.

— Je veux bien. Quel genre de père est-ce?

— Le meilleur. Et j'ai passé en revue tous ses faits et gestes depuis ma plus tendre enfance. Il cherche toujours à voir le sens des choses. Il m'a appris à prendre du recul, à toujours changer d'angle de vue.

— Est-ce que ça permet de vivre heureux?

— Probablement pas. Et après?

— Ça t'ennuie d'en parler?

— Un peu.

— Qu'est-ce qu'il a fait?

— Il a été expulsé de l'armée pendant la Seconde Guerre mondiale. Il est revenu à Key West, a inventé un nouveau type de pellicule infrarouge permettant de photographier la nuit et a été décoré. L'armée lui a versé un pourcentage sur son invention et avec cet argent il a mis sur pied une maison close, une fabrique de dirigeables et une bibliothèque d'ouvrages catholico-anarchistes. Quand il a appris que les anarchistes avaient combattu aux côtés des Russes blancs, il a fermé la bibliothèque. Puis il l'a rouverte quand il a appris que les communistes avaient tué des anarchistes basques pendant la guerre civile espagnole. C'est un idéaliste... Il avait un cheval.

— A Key West?

— C'était un Saddlebred américain qui avait des

sabots en caoutchouc. Il nageait avec lui jusqu'à l'île Christmas et galopait parmi les coquillages. »

Miranda reprit le volant au retour. Elle conduisait de façon agressive, collait aux automobiles et restait trop longtemps sur la voie gauche quand elle les dépassait. Skelton détestait être en voiture avec elle. Lorsqu'ils furent arrivés à la cale sèche, il lui dit de venir le retrouver sur le quai.

La barque était équipée. A l'aide du treuil, on l'enleva de la cale pour la mettre à l'eau. Skelton la poussa jusqu'au quai à carburant, où il se ravitailla. Le moteur démarra sans difficulté; il le laissa tourner au ralenti pendant quelque temps. Puis il s'éloigna du quai, en reculant suffisamment pour pouvoir virer et naviguer en direction du large le long des bateaux de pêche aux éponges, du vieux navire Johnson pour la contrebande de rhum et des langoustiers amarrés près de la digue. Lorsqu'il eut le champ libre, il fit planer la barque : il pouvait entendre le curieux bruit d'échappement à deux temps du moteur. Lancé à plein gaz, le bateau semblait posséder le genre d'élan et de maniabilité qu'il avait souhaité. Il vira au-dessous de la chaussée Eisenhower et sentit le fond plat de la coque déraper comme il s'y était attendu. Mais les bouchains n'accrochèrent pas, de sorte que la vitesse de dérapage était prévisible. Il accéléra dans le tournant à proximité des quartiers des officiers célibataires, passa devant les navires de commerce cubains aux couleurs criardes qui ressemblaient à des bateaux à voiles démâtés, puis franchit la sortie à Sigsby pour effectuer un petit tour de rodage de cinq minutes. Là, après la petite caye, il poussa le moteur à 4 000 tours dans un pied d'eau et l'arrêta net. Le bateau resta en équilibre, sans que l'arrière coule ni que l'hélice râpe le fond. Il le fit déjauger doucement de façon à soulever l'hélice de quelques centimètres du fond et prit le chemin du retour à une vitesse de 2 900 tours par minute, la plus faible à laquelle il pouvait faire planer l'embarcation, avec un sentiment d'entière satisfaction.

En trois minutes, il contourna l'îlot jusqu'à Chambers Street où il put voir, à une centaine de mètres avant de couper le moteur, Miranda qui était en train de parler, assise sur un des caissons de guide, avec Jeannie Carter et Nichol Dance.

Les chevaux sauvages appartenaient à cette catégorie de choses qui, comme tout le thé de la Chine et la semaine des quatre jeudis, n'auraient pu amener Skelton à réunir à dessein ces trois êtres. Les jours où le vent souffle à plus de vingt nœuds, l'océan se couvre de barres d'écume et tout oiseau qui tente ne serait-ce que de battre de l'aile se trouve emporté dans un fantastique tourbillon dû à une force supérieure : le même tourbillon que Skelton, voyant se former des groupes tels que celui-là et craquer des vies absurdes comme celle de son père, connaissait en ce moment. Il se tramait quelque chose...

Nichol Dance maintint le bateau à distance et enroula deux demi-clés autour du taquet de l'avant. Skelton recula pour amener l'arrière de la barque contre le quai et coupa le moteur.

« Qu'est-ce qui se passe ?

— Votre petite amie voudrait savoir pourquoi j'ai décidé de vous tuer si vous devenez guide. »

Jeannie laissa échapper le long rire perlé qui, après le bâton, était devenu en quelque sorte son estampille. C'était son chant. Et elle s'en servait pour embrocher quelques pensées à moitié informes comme autant de schich-kebab. Skelton sauta sur le quai.

« Qu'est-ce qui vous fait rire ?

— L'idée que Nichol pourrait faire du mal à... une mouche ! »

Quand elle savait aussi bien que quiconque que le gracieux citoyen de l'Indiana avait envoyé le lad *ad patres*. Et que, dans un geste d'amour-propre blessé, il avait proprement assommé Roy Soleil à coups de gaffe parce que celui-ci s'était moqué de lui. Mais faire du mal à une mouche!

C'est pourquoi Miranda répliqua : « Oh! vous, bouclez-la! » avec cette violence qui caractérise les rapports des femmes entre elles et qui terrifie les hommes. Skelton s'assit avec les autres sur le caisson.

« Pourquoi voulez-vous être guide, d'ailleurs? demanda Jeannie à Skelton lui-même.

— Ça s'est fait par une sorte de processus d'élimination, répondit-il.

— Eh bien, vous devriez voir mon mari quand il rentre de la pêche avec sa peau toute cramée. »

Dance avait un air un peu stupide. Il ne voyait pas comment il pouvait réitérer sa menace ou la rendre plus crédible sans que tout le monde se croie à la télévision.

« C'est un joli petit skiff que vous avez là quand même, remarqua Jeannie. Vous devez en être fier, je suis sûre.

— Oui.

— J'en ai jamais vu d'aussi bien, dit Dance.

— Et je parie qu'il filera terrible, renchérit Jeannie, avec ce Starflite Evinrude de cent vingt-cinq qui va mettre K.O. toutes les autres camelotes.

— Oh! qui sait... » Skelton, en cet instant précis, se serait fort bien passé des commentaires de Jeannie sur la supériorité mécanique de son bateau. Mais Dance ne le prenait pas de cette façon-là. Il écoutait, souriant, en homme sûr de lui comme toujours. Il parlait sans chercher à lire dans vos yeux ce que vous pensiez de ce qu'il disait.

« Mais il faut reconnaître aussi qu'avec son Mercedes,

Cart n'a jamais perdu une seule journée de travail. Le vieil allumage Thunderbolt et le Power-Trim sont juste ce qu'il faut pour un imbécile de turbineur comme Cart. »

Skelton écoutait à peine. Il était dans les transes. Nichol était là, inchangé. Le service du Fisc éternel attend dans les coulisses. Mais les femmes, avec le don qu'elles ont de ne s'intéresser qu'aux réalités de l'instant, se lançaient des regards mauvais. Le rire en brochette de Jeannie fusa de nouveau. « Je vois vraiment pas pourquoi Key West a besoin d'un guide débutant, dit-elle.

— Votre cul sent l'eau croupie, dit Miranda.

— Je suppose que c'est le langage choisi qu'on peut attendre d'une farfelue de Mallory Square.

— Ce que les bouseux entendent par langage choisi ne m'intéresse pas.

— Ne m'intéresse pas !... Ça vous plairait-y que je démolisse votre joli nez, madame la maîtresse d'école ? »

Miranda, *mirabile dictu,* prit la pauvre Jeannie par surprise. Son poing vint s'abattre sur sa mâchoire avec le bruit d'un couperet sur l'étal en marbre d'un boucher. Mais Jeannie riposta aussitôt à coups de pied et de griffes, en poussant un long hurlement intermittent de rage. La lutte se poursuivit pendant un bon moment avec la régularité d'un fléau battant le blé, avant de se terminer par un fantastique crêpage de chignon, toutes deux ayant une chevelure assez longue pour qu'elles puissent, à un mètre cinquante l'une de l'autre, tirer dessus à pleines poignées. Dance s'empara de Miranda, Skelton de Jeannie, et ils les séparèrent. Elles étaient en larmes.

Jeannie se précipita de l'autre côté de la rue, au Bécasseau, et Miranda entra dans la remise aux appâts pour panser ses blessures.

Dance secoua la tête. « J'savais pas si j'allais chier ou fermer les yeux. Je crois qu'elles se seraient fait du mal. »

Myron Moorhen apparut sur le seuil.

« Qu'est-ce qu'il y a?

— Rien, Myron. Retourne à tes comptes.

— Vous n'iriez pas tuer un gentil garçon comme moi, dit Skelton.

— Je ne le voudrais pas.

— Mais vous voyez bien que je compte travailler, maintenant que j'ai le bateau?

— Je ne vois pas si loin.

— Mais à supposer que je travaille...

— Dans ce cas, vous passerez le reste de votre vie mort. Et moi, le reste de la mienne en prison. C'est vous qui aurez le plus de chances peut-être d'obtenir la récompense éternelle.

— Mais vous pourriez vous tirer d'affaire en vous repentant à la dernière minute.

— J'suis pas catholique. »

Miranda sortit de la remise. « Rentrons, chéri. » Dance les accompagna jusqu'au parking.

« Bonne nuit », dit-il. Il se dirigea vers le Bécasseau, où il joua à pile ou face avec le barman pour pouvoir se servir du juke-box, gagna et fit passer *The Easy Part's over* de Charlie Pride, plus deux vieux tubes de Waylon Jennings.

« Où est Jeannie?

— Quelque part par là. Ça fait trois soirs qu'elle vient ici pour mettre le grappin sur Myron. Mais il se débine comme un lapin. »

Jeannie, plus exactement, se trouvait dans les toilettes, où elle tamponnait ses blessures et se livrait à quelques exercices faciles avec le bâton : autour de la taille, figure huit entre les jambes, petit lancer dans le dos, genou à terre. Da, DAH!

Elle avait un bâton fait sur mesure. Soixante-quinze centimètres de long, un centimètre soixante-quinze de diamètre et cinq cents grammes, aussi gros qu'il pouvait l'être sans entraver sa routine. Là, dans les toilettes, elle parcourut les neuf rudiments pour se mettre en forme : (Rotation du poignet, Figure de huit, la Roue, Avec deux mains, Passer derrière le dos, Avec quatre doigts, Battre la mesure, Acrobaties et Salut). Puis, posant le bâton, elle grimpa sur la cuvette des w.-c. afin de surveiller, à travers la fenêtre grillagée, la remise aux appâts qui se trouvait en face.

Miranda dit qu'elle n'avait pas pu s'empêcher de se battre. Skelton soupira.

« Honnêtement, quand j'ai vu cette petite garce prendre ses grands airs, il fallait que je lui donne une leçon.

— Miranda, une bataille de chats de ce genre est un spectacle horrible. Je préférerais qu'on n'en parle pas.

— Très bien. Ai-je beaucoup d'égratignures ?

— Plutôt, oui.

— La peau du crâne me fait mal. Cette catin a tiré avec une violence !

— Je veux bien le croire. Vous étiez déchaînées, deux vraies guenons !

— C'est vrai ? » dit-elle en riant. Ils tournèrent dans White Street juste à temps pour voir le père de Skelton filer dans la ruelle au-delà du marché du Gulf Stream. Au bout de cette ruelle, Miranda arrêta la voiture et Skelton discerna une ombre de mouvement derrière trois poubelles galvanisées. « Courage, cria-t-il. Tu es sur le bon chemin ! »

Myron Moorhen leva les yeux quand il entendit la porte de la remise se refermer. Dites que je ne rêve pas.

Fredonnant une samba, Jeannie faisait tournoyer son
bâton tout en enlevant ses vêtements. Myron fit avec ses
mains des gestes silencieux et frénétiques. Il veut mes
lolos en forme de poire, pensa-t-elle en virevoltant
encore et encore. Redevenue un gâteau rose et joyeux,
avec une fente derrière le brillant bâton, elle s'approcha
de son visage médusé, tandis qu'il agitait de plus en plus
frénétiquement les mains devant l'ardeur grandissante
de sa muette samba.

Hors d'haleine, elle s'écria : « Une jeune personne
qui développe les muscles de son poignet et de son
avant-bras en faisant tournoyer un bâton d'un demi-
kilo se voit dotée d'une force fantastique pour accomplir certaines fonctions par la suite ! » Son discours fut
ponctué par le bruit d'une chasse d'eau et l'apparition
de son époux, membre de sociétés de fraternité et de la
république, qui sortait des cabinets.

Cart n'en croyait pas ses yeux. Ce que Jeannie faisait
là dans la remise était pire que tout ce qu'il aurait pu
imaginer.

Cart ramena Jeannie en larmes, dans l'air glacé du
break, vers leur décorative villa. Il alluma la radio,
prenant la station d'émissions religieuses pour créer une
ambiance. Il y avait une petite causerie sur l'avènement
du Christ dans le style populaire que l'on connaît :
« Entre Joseph et Marie, ça collait, y a pas de doute.
Mais quand ils se sont aperçus que leur gosse était Dieu,
ils en sont restés baba. »

Carter s'arrêta devant la maison et prit le bâton des
mains de Jeannie. Elle se mit à pleurer. « Je t'en prie,
Cart, je t'en prie, je t'en prie, je t'en prie.

— Chaque fois que tu sors ce sacré machin de son
tiroir, Jeannie, on a un problème.

— Je t'en prie, Cart, je t'en prie. »

— J'arrive dans la remise, là où je gagne mon pain à
la sueur de mon front, et j'apprends que tu as fait le
coup de poing avec une maîtresse d'école. Cinq minutes
après, voilà que tu fais ton numéro de bâton à poil,
avec une haleine qui pue la vodka, pour mon comptable.
Et tu lui racontes que ça développe l'avant-bras pour
branler les types!

— Mais, Cart!

— Tu es malade, Jeannie, et ton bâton est malade! »
Il se mit à tordre le bâton entre ses grandes mains de
guide, tandis que la lamentation de Jeannie s'élevait,
aussi mélodieuse que son extravagant rire perlé, aussi
désolée que quelque définitif et inconcevable « jamais
plus » murmuré à ses oreilles de fille d'Orlando. Cart
jeta le bâton, qui avait maintenant la forme d'un
bretzel, dans la poubelle, d'où il délogea par la même
occasion un chat qui se sauva en miaulant. Puis tous
deux entrèrent dans leur décorative villa et là, sur la
mosaïque, pleurèrent chacun leur rêve estropié.

Lorsque Cart revint dans la remise, Myron Moorhen
s'aplatit contre le mur orné de trophées comme s'il avait
reçu un boulet en pleine poitrine.

« Je l'ai pas touchée, honnêtement! »

Une carangue empaillée, au-dessus de sa tête, dégrin-
gola par terre. Il plaqua une main terrifiée sur l'endroit
qu'elle laissait vide, comme si Carter venait d'assener
son premier coup.

Cart regardait par terre patiemment, quand il releva
la tête, Myron fit un bond de cinq mètres vers la
gauche.

« Honnêtement! je le jure, je le jure!

— Myron... »

Moorhen s'élança vers la glacière et fouilla dedans
frénétiquement. Il en retira un poisson congelé qui

pesait peut-être six kilos. De la famille des maquereaux, et par conséquent long et pointu, ce poisson
congelé constituait une arme redoutable. Myron leva
la forme bleuâtre par-dessus son épaule, dans la posture
depuis longtemps recommandée par Ted Williams pour
le batteur de base-ball. Ses yeux se rétrécirent, remplis
d'une assurance nouvelle, ses lèvres s'étirèrent en un
vague sourire qui révéla une ligne de dents blanches et
pointues.

« Du calme, Myron. On est entre amis ici et pas dans
une manif.

— Qu'est-ce que vous allez me faire ?

— Rien du tout. Pose ce poisson.

— Pas si vite. Dites-moi ce qui va m'arriver.

— Je te l'ai déjà dit, il va rien arriver du tout. D'où
vient ce poisson ?

— Lou O'Connor l'a pris dans les Bancs d'Amérique.

— Il pêchait à la palangrote, en eau profonde ?

— Non, à la traîne. Il en a pris six en tout.

— Ah ! Peut-être que la migration a commencé ?

— Excusez-moi, Cart, mais, euh, qu'est-ce que vous
alliez me faire ?

— A propos de Jeannie ?

— Oui, dit Myron en remettant discrètement le
poisson congelé dans le congélateur.

— Eh bien, j'allais t'informer qu'elle n'est pas très
bien en ce moment, la pauvre petite, et je voudrais que
toi, Myron, tu essaies de lui pardonner ce qu'elle t'a
fait ici ce soir.

— Oh ! Cart, Cart, Cart. Bien sûr que je lui par-
donne...

— Elle m'a dit, hum, qu'elle avait laissé ici quelques
articles de lingerie ?... »

Avec désinvolture maintenant, Myron sortit une petite
boule de linge de nylon et de soie du tiroir d'en haut de

son bureau et la lança à Cart, exactement entre deux piles semblables.

« Cart, elle est épatante avec ce bâton! »

Carter eut un sourire timide. « Tu sais, Myron, elle se débrouille pas mal du tout... Seulement, Myron?

— Quoi donc, Cart?

— Elle a plus de bâton maintenant.

— Ah! où est-ce qu'il est?

— Je le lui ai fourré dans le cul, Myron. »

Myron gloussa. « Vous ne parlez pas sérieusement?

— Mais si. » Carter éprouvait une certaine affection pour ce mensonge. « Je suppose qu'il réapparaîtra un de ces jours », ajouta-t-il.

Gros rires.

Quand ce que l'on doit faire est devenu plus vide de substance encore qu'un bulletin d'abstention, on risque toujours de se prêter à la farce mortelle qui nous environne. Que la moindre inadaptation intervienne alors, et l'on plonge brusquement à travers la mince surface lubrifiée et dissolvante de l'être social jusqu'à cet étrange chaos du moi qui produit de temps en temps des législateurs individuels comme Nichol Dance.

Des idées comme ça ont de quoi vous faire aboyer, se disait Skelton. Ce serait bon de pouvoir pousser ne fût-ce qu'un bref hurlement déchirant près de la poubelle. Même la pensée que des chevaux sauvages ne sauraient vous forcer à faire telle chose revêt une vigueur dénuée d'abstraction, au point qu'on peut presque entrevoir leurs lumineuses crinières et leurs hennissantes silhouettes nocturnes. Souvent, lorsque des existences suivent un cours parallèle, un sentiment de fausse sécurité s'installe. La victime s'imagine que les fils auxquels ces vies sont suspendues ne vont pas s'emmêler ni se rompre. Trop tard, l'obstacle surgit devant elle et elle s'écrie : Ce fils de p... est sur mon chemin! Les histoires sont fondues comme les métaux par la chaleur.

On frappa à la porte de la carlingue. Skelton alla ouvrir. C'était le sergent qui faisait faire l'exercice aux poivrots d'à côté. « Entrez.

— Merci. Vous avez un chien, Monsieur?

— Non.

— J'ai cru entendre des aboiements.

— Je me raclais la gorge.

— Voudriez-vous bien me suivre, Monsieur, au quartier général?

— A côté? demanda Skelton.

— Oui, Monsieur.

— Pourquoi?

— Pas de questions, s'il vous plaît.

— Très bien », dit Skelton qui pensait : Empruntons l'itinéraire d'un autre puisque le mien ne conduit qu'au désespoir le plus stupide et, de surcroît, à une attitude à la Hamlet. Sans parler de rêvasseries et de pleurnicheries rentrées.

Il suivit le sergent avec une dignité toute civile. A la porte de l'hôtel, deux poivrots exécutèrent le salut militaire et les autorisèrent à pénétrer dans le hall qui embaumait le vomi. Ils gravirent l'escalier, dont les murs frôlaient les épaules de Skelton. Il y avait un homme en faction sur le palier et, dans le corridor, deux autres plutôt au repos qui gisaient évanouis dans leurs propres vomissures et dont le visage râpeux, brouillé, et le crâne tondu dégageaient exactement la même impression qu'un chantier de ferraille.

Skelton fut introduit dans une pièce. On alluma et on referma la porte derrière lui. La pièce était tout juste assez grande pour contenir un petit lit, et le père de Skel-

ton l'occupait, l'air plus éphémère que mortel et considé-
rablement plus mort que vif. Il avait avec lui son violon.

Le drap sous lequel il reposait était visiblement celui
qu'il avait porté ces derniers jours dans ses déambu-
lations à travers la ville. Il était sale, tout maculé d'huile
de graissage et, sur la partie qui recouvrait ses pieds, on
distinguait les traces d'un pneu.

« Eh bien, dit le père de Skelton, il faut que je
devienne une épave pour que nous puissions avoir une
conversation à mon chevet.

— De quoi parles-tu?

— De ça. » Geste circulaire.

Skelton refusa de répondre.

« Très bien.

— Nous étions tous à ta recherche. Mère aussi en a
plus qu'assez de toute cette histoire, je peux te le dire.

— Je voulais te conseiller. C'est le rôle des pères.

— Pourquoi n'es-tu pas venu chez moi? Je t'ai cherché partout.

— Mon conseil n'était pas au point. Il fallait que je
me livre à un certain nombre de manœuvres opéra-
tionnelles, comme ils disent ici, pour être à même de
concevoir la crise que tu traverses. »

Skelton regarda dans la paume de ses mains pour y
trouver un signe.

« Je ne traverse aucune crise, dit-il en mentant.

— Tu crois que ton ami plaisante?

— Non. Nous avons délimité quelques zones et un
processus de sélection naturelle est en cours.

— Allons, allons. Je croyais que nous avions déjà
discuté de cette foutaise darwiniste. Elle ne me plaît
même pas comme image. »

Pendant un moment, il sembla qu'il allait vomir.
Skelton n'arrivait pas à s'expliquer la totale dégénéres-
cence qu'il avait sous les yeux. Le visage de son père,

souvent comparé à celui de Manolete, était couvert d'une barbe folle. Et ses cheveux, toujours coupés à ras comme ceux d'un moine, donnaient l'impression qu'il sortait tout droit d'une école professionnelle pour coiffeurs. Les doigts de ses mains démesurément longues et diaphanes se levaient pour insister sur un point, puis s'effaçaient en même temps que l'idée dans son esprit. Sous l'effet de la faim ou de l'obsession, son visage semblait s'être retranché derrière ses yeux, isolés dans leurs orbites avec une expression de folie certaine. Skelton éprouvait quelque gêne devant ses propres mains rugueuses et aux doigts courts qui reposaient sur ses genoux, des mains à la paume durcie par la perche : encore un signe qu'il venait de nulle part. Hypothèse qu'il était bien résolu à démentir.

« J'ai eu une aventure, je suppose, dit son père faiblement. Comme si j'avais chu dans l'espace. J'ai bu et j'ai échoué ici. Il faut que je me rappelle le moment où j'ai quitté l'armée... J'ai mis, je ne sais comment, sept mois pour rentrer à Key West. Ce qui m'est arrivé alors était si étranger à ce qui, semble-t-il, aurait pu m'arriver ! C'est bien plus perturbant que l'amnésie. Il faut essayer de prendre comme point de repère ce qui vous arrive d'incompréhensible. Quand on comprend quelque chose, ce quelque chose devient inutile. Il est neutralisé. Lorsque je me suis réfugié dans le moïse pendant sept mois, j'essayais, artificiellement, de créer une situation semblable et je n'y ai pas réussi parce que ce n'était qu'une excentricité. Il n'y avait pas de mystère, pas de véritable énigme.

— Excepté pour les autres. »

Une des paupières du père de Skelton était beaucoup plus tombante que l'autre. Lorsqu'il réfléchissait profondément, il la relevait en général avec l'index. C'est ce qu'il fit à cet instant.

« Même pas, dit-il. La bizarrerie et le mystère ne sont pas la même chose.

— O.K.

— Alors, tout naturellement, j'ai cherché à voir ce que l'on pouvait faire sur le plan de ce qui t'arrivait. J'ai envisagé quelques solutions simples, comme d'acheter le bateau, mais mon cœur n'y était pas. Et je savais que c'était contraire à ce que tu aurais accepté. Tu as toujours cultivé les épreuves comme un moyen de conduire ton esprit au lieu même de ses contradictions premières. Je pense que tu n'en es plus là maintenant et, d'ailleurs, je t'ai montré pas mal d'échappatoires qui auront pu t'être utiles.

— Mieux que cela encore.

— Bref, et cela pourra paraître un peu naïf, mon plan était d'essayer de me placer dans une condition telle que la vie pût me quitter presque d'elle-même, un simple relâchement de la volonté et elle se serait tarie... ou quelque chose comme ça, comprends-tu ?

— Oui, je comprends », répondit Skelton d'une voix presque inaudible.

Son père éclata de rire. « Tout est arrivé. J'ai été soûl, battu, coffré par la police, jeté hors des restaurants. J'ai dit à ces garçons ici que j'avais été réformé d'une façon peu honorable et ils m'ont mis au " gnouf ", c'est-à-dire dans le placard à balais au premier étage. Oui, c'est drôle. Mais j'y suis resté deux jours sans rien manger. Ça fait seulement cinq heures qu'ils m'ont libéré. »

Le cœur douloureux, Skelton jeta un regard vers la fenêtre où les feuilles brillantes des palmiers frissonnaient dans la lumière incongrue du soleil couchant. Comment peut-on vaquer à ses affaires ? pensa-t-il en entendant la rumeur de la circulation.

« Mais j'ai découvert peu à peu ce qui ne pouvait

pas s'expliquer. » Il retira son râtelier : il était cassé et
recollé avec du ruban adhésif. « J'étais soûl et je suis
tombé dans les arrières du marché de Carlos. Ce ser-
monneur m'a ôté mon râtelier pour le piétiner.

— Pourquoi n'es-tu pas rentré à la maison?

— Allons! » Le détachement de son père était serein.
S'il y avait, à défaut des mains, quelque chose qui prou-
vait qu'ils étaient du même sang, c'était cette propension à larguer les amarres. Ses propres « épreuves »,
comme les appelait son père, sa tentative pour être normal, pour devenir biologiste, alors que ses véritables
instincts étaient moins linéaires, moins utilitaires, ne le
conduisaient qu'à des crises d'hallucinations peuplées
de noyades, de chutes, de chevaux sauvages, d'inter-
minables foules d'automobiles sans chauffeur et pourtant parfaitement dirigées qui passaient en trombe dans
des paysages accidentés. Et, même avant que Dance eût
parlé de Charlie Starkweather dans sa prison, ses fan-
tasmes lui avaient représenté l'électrocution, qu'il
avait ressentie comme une sorte de chatouillement pré-
ludant à la mort, un piétinement par des chevaux électriques.

« Mon premier instinct a été de penser que ton défi à
M. Machin Chouette était une question d'honneur.

— Bon Dieu!

— Tu m'avoueras que c'était l'hypothèse la plus plau-
sible.

— Non!

— Ne sois pas si susceptible! Qu'est-ce que c'était
alors? »

Skelton se creusa la cervelle. Son père avait raison.
Mais il ne trouvait rien à lui dire.

« C'est le mieux que je puisse faire, répondit-il sans
vider tout à fait son sac.

— Très bien. Alors, écoute, bougre d'idiot. Tu peux

te faire tuer dans cette histoire. Par conséquent, tu dois aller jusqu'au bout pour voir vraiment ce que c'est le moment venu. Sinon, tu n'es qu'un spectateur et rien ne saurait être plus écœurant. »

Ils s'interrompirent. Skelton se rappelait que son père, dans son enfance, lui avait expliqué qu'il vivait dans une civilisation qui, de la cellule familiale jusqu'au gouvernement, reposait sur le principe qu'on graisse la roue qui grince le plus fort.

« Ton grand-père, reprit le père de Skelton, est un grand Américain en ce sens qu'il a appris à exploiter les lacunes de gestion qui existent entre les petits consortiums égoïstes. C'est pourquoi il a pu escroquer à la nation des millions de dollars sans se gêner. Par ce que je peux avoir de meilleur, je n'aurai été qu'un être de transition. J'ai essayé, avec la certitude que je m'y userais, de te transmettre une certaine notion de son énergie et de son pouvoir d'organisation afin que tu puisses l'employer à des fins plus durables que cette puissance que ton grand-père a désirée si... horriblement. »

Il prit son violon et l'instinct dévastateur qui l'entraînait dans les spirales sans fin de la connaissance disparut de son visage tourmenté. Son regard troublé se fixa sur le vide, expression qui était devenue chez son fils une sorte de visitation plus qu'un trait de naissance. Car il se sentait toujours au bord d'une fissure béante. Un des moyens qu'il avait de franchir l'abîme, en dehors de la page des sports et de l'illusion qu'elle lui procurait d'un lucide effort athlétique qui permettait de résister au temps, était son violon. Sa tête s'inclina sur l'instrument comme s'il allait s'endormir d'un sommeil paisible. Le long archet frôla doucement les cordes et s'arrêta avant de faire vibrer les premiers accords au plus profond de l'espace. Puis l'homme fou attaqua *Jerusalem Ridge,* fai-

sant de cette pure et déchirante mélodie une élévation
vers la lumière que Skelton pouvait comprendre.

Skelton pensait à la perceuse électrique, à la possibilité qu'elle avait de faire, à partir du trou d'une prise de
courant, un autre trou. A la puissance du trou. Ridicule
peut-être, mais proche de son père et de ses mystères. Il
songeait aux vautours que l'on voit tournoyer au-dessus
d'une fosse (remplie le plus souvent d'ordures, mais
peu importe). Ou bien à ce jour pendant l'éclipse
solaire de 1970 où, naviguant vers Snipe Keys, il avait
arrêté la barque tandis que la lumière commençait à
s'obscurcir et où, ayant levé les yeux comme on avait
expressément recommandé à la radio de ne pas le faire,
il avait aperçu des milliers d'oiseaux de mer qui tourbillonnaient autour d'un grand trou dans le ciel. Ce
genre de trou, des individus pouvaient le créer en se
rejetant mutuellement dans l'ombre. Mais tout cela
méritait réflexion : les radios, partout, qui vous disaient
de ne pas regarder, les vautours planant au-dessus de la
fosse à ordures, les actualités radiophoniques de 1970
qui se faisaient l'écho d'une autre éclipse et plus de deux
cents millions d'individus les yeux fixés sur le trou noir
dans le ciel. Et enfin, dans sa propre parcelle d'univers,
Skelton, qui contemplait les oiseaux tourbillonnants et
leur noir pivot, puis, au loin, la mer paisible, vif-argent,
assombrie comme si elle s'oxydait sous l'effet de ce tro-
pisme lunaire. La puissance du néant.

Son père riait, à moitié dans sa barbe. « Il y a quatre
jours, je m'étais soûlé plus que d'habitude en compagnie de ces types qui travaillent sur les bateaux puis
remontent en stop vers les Caroline quand vient l'été.
Je les ai quittés vers minuit, je suppose, et je rampais, je
rampais littéralement dans Eaton Street lorsqu'une

voiture s'arrête et qui en descend ? Bella. Elle a pris au moins cinquante photos de moi, vêtu de mon drap, à quatre pattes dans la rue, en criant : « Su-per-be! Su-per-be! » J'imagine qu'elle les étale en ce moment même devant le vieux. Mais ça ne prendra pas! Il a tout compris... A propos, il est au courant de tes intentions et tout à fait hostile à une intervention de ma part. »

Skelton pensait : ce n'est pas surprenant. Pas plus qu'il n'était surprenant de voir son père, qui pendant presque toute une vie avait fui l'autorité en lui-même et chez les autres, essayer soudain, même à contrecœur, de le conseiller et de le contraindre. Tandis que sa mère, qui cultivait la permanence comme d'autres les bonnes manières à table, commençait à découvrir au fond d'elle-même, à l'égard de ces trois hommes, une exaspération telle que quiconque n'eût pu manquer d'en ressentir à l'égard d'un mécanisme bon marché ou délicat qui aurait eu constamment besoin de réparations.

« Enfin, je ne sais pas ce que je voulais te dire. Je suis pourtant si bas en cet instant qu'il me semble que je pourrais t'en dire davantage sur ce qui t'attend peut-être. Même mes veines sont comme taries. Et je n'en suis parvenu qu'au point où l'on peut ironiser bêtement, comme lorsqu'on méprise les gens qui vivent au-dessus de leurs moyens, qu'on se moque du mauvais goût et ainsi de suite. Ce n'est pas très intéressant. Je n'ai donc pas grand-chose à te dire. Sinon que j'aimerais que tu renonces à ton projet.

— Que ferais-tu à ma place ?

— J'irais jusqu'au bout.

— Voilà qui détruit ton conseil.

— Non. Je vois les choses dans une perspective que je ne pourrais pas avoir si c'était moi qui agissais.

— Quel genre de perspective?

— Une perspective chrétienne.

— Pourquoi ne pourrais-je pas l'avoir moi-même?

— Parce que la perspective chrétienne n'est possible qu'à la troisième personne. Sans quoi, elle se perd dans l'égocentrisme et l'on devient une figure qui peut prêter au ridicule, comme le Christ lui-même.

— Eh bien, permets-moi d'abord de te dire que je n'en crois rien. Et ensuite, permets-moi de te faire remarquer que si un homme s'est donné tant de mal pour créer une crise, je me dois, par respect pour lui, de la laisser se produire.

— Je dirais d'après cela que tu es un sacré petit malin. Mais je pense que tu réagis ainsi parce que ta nature le veut et aussi à cause de ton flair pour les ennuis.

— En tout cas, tant que je n'ai pas suivi mes propres instincts, je n'ai abouti à rien, sinon à un séjour en prison. Ce que je fais et ce que Nichol fait en sont deux illustrations précises.

— En es-tu sûr?

— Non, pas du tout. »

Skelton commençait à en avoir assez de tout ça. Son père aussi, il pouvait voir. Il lui demanda donc de se lever et de venir chez lui. Et, chose curieuse, son père bondit hors du lit, son violon à la main comme une raquette de tennis.

Ils entrèrent dans la carlingue — c'était la première fois pour son père qui en contempla l'intérieur d'un air rayonnant, puis commença à s'habiller avec les vêtements que lui tendait Skelton.

Brusquement, Skelton pensa à Nichol Dance. Regardons la chose bien en face maintenant. Il est clair que je risque d'y laisser ma, oui, ma vie, comme on dit. Ce qu'on reçoit en pareil cas, c'est... la mort. Bon. Que puis-je attendre en fait de mort prodigieuse? Pas grand-

chose. Il n'y a plus de morts prodigieuses. Le pape, le
président, le commissaire du peuple rencontrent la leur
comme un mégot jeté sur le trottoir par un piéton qui se
hâte vers quelque nébuleux rendez-vous.

« As-tu de quoi boire?

— Une bière, peut-être, répondit Skelton.

— J'accouche des découvertes de toute une vie et tu
m'offres une bière!

— Pourquoi veux-tu boire?

— Pour être illuminé.

— Bon, attends... » Skelton sortit une boîte à pellicule
d'une de ses caisses de munitions et l'ouvrit.

« Mouille ton doigt et plonge-le là-dedans.

— Comme ça?

— Maintenant, lèche-le.

— Qu'est-ce que c'est? De la drogue?

— Non. Fais ce que je te dis. » Il fit répéter trois fois
l'opération à son père et l'imita.

« Très bien, dit son père. Je t'ai fait confiance. Maintenant, dis-moi ce que c'est.

— Ce sont des champignons cueillis avec soin par des
sorciers d'Amérique du Sud pour des fous qui cultivent
le génie.

— Alors tu m'as fait absorber de la drogue.

— Non pas. C'est autre chose.

— Me voilà devenu toxicomane, dit son père.

— Non. Je peux te l'assurer, car je l'ai été autrefois.

— Est-ce que c'était mauvais? Je me doutais bien que
tu t'étais drogué.

— Très mauvais.

— Mais comment?

— Un peu comme une grippe, jointe à des nerfs
malades et à une extrême vieillesse.

— Charmant. Maintenant, ce que j'aimerais savoir,

c'est pourquoi, dans ces conditions et étant donné la confiance que j'ai montrée, tu tiens à me faire avaler des drogues.

— Ce n'est pas la même chose. »

Un intervalle. Une zone lui succède : le temps dans la transparence.

Skelton expliqua comment il avait aménagé son abri. Ajoutant qu'il aurait voulu faire une sorte de duplex, mais qu'il ne voyait pas comment le réaliser. Son père s'assit et se mit à dessiner un alvéole dont le plancher était soutenu par des câbles. Il était fait de sections tétraédriques, avec quelques fenêtres et châssis articulés pour l'aération, et l'ensemble pouvait se replier : les parois rentraient dans la carlingue elle-même, cependant que le plancher porté par les câbles tressés formait une surface élastique (« De façon que chaque pas soit déjà l'amorce du prochain. ») Le dessin était exécuté dans un style pointe sèche élégant qui rappelait les ingénieurs-artistes d'autrefois. Le père de Skelton contempla son œuvre. « On verra plus tard, dit-il, comment empêcher la pluie d'entrer. »

Skelton, les bras rejetés en arrière et les doigts écartés, marchait autour de la carlingue en décrivant une longue orbite d'argent. Les étoiles, au-dessus d'eux, étincelaient comme les fines gouttelettes d'une boisson pétillante.

« Bon Dieu, dit son père, tu sens toute cette odeur d'humus dehors! Ce n'est pas étonnant que les jardins viennent si bien! Je peux même sentir la mousse humide qu'il y a sous les philodendrons de ta mère! » Il ouvrit un tiroir sous la cuisinière provenant de l'épave et éclata de rire. Skelton, l'ayant rejoint, regarda à l'intérieur : il y avait quelques couverts d'argent et un tire-bouchon. C'était drôle effectivement.

Le père de Skelton marchait à quatre pattes sur le sol, les larmes coulant devant lui tant il riait. Skelton jeta un dernier coup d'œil dans le tiroir — couverts d'argent et tire-bouchon rangés dans un ordre maniaque — et s'appuya contre le mur, secoué d'un rire convulsif.

Quand son père se releva, il sourit en le voyant vêtu de bric et de broc avec les articles de sa maigre garde-robe.

« Tu es très élégant, dit-il.

— Quoi?

— Très élégant.

— Élégant?

— Oh! Seigneur!

— Allons jeter un autre coup d'œil dans ce tiroir d'argenterie », dit le père de Skelton. C'était pareil là-dedans : quelques couteaux, fourchettes et cuillères. Et le tire-bouchon. Ni l'un ni l'autre ne put y tenir.

Dans les yeux du père de Skelton, les chagrins amoncelés s'étaient effacés pour faire place à une sérénité imbécile. Et Skelton lui-même, qui s'était senti si mesquinement traité par la vie, était au bord de cette joviale magnanimité qui vous fait voir des choses toujours nouvelles sous les cieux.

« Allons à la vieille fabrique.

— J'en suis. »

Les deux hommes se hâtèrent sous les ombres des palmiers, au clair de lune, jusqu'à l'entrepôt situé dans le haut de Petronia. Ils croisèrent un balayeur des rues, qui avait sa propre clef du cimetière, et un taxi illuminé filant le long de l'avenue parmi de bleus îlots d'ombre lunaire.

A la fabrique, le père de Skelton prit la clef sous un bloc de béton lézardé et, ouvrant le cadenas de la porte en tôle, s'effaça pour laisser entrer Skelton. « Si nous jouons bien notre jeu, dit-il, nous décrocherons le gros lot. Nous allons trouver ici un véritable Eldorado de sentiments. »

Skelton, passant devant lui, décela un air de gloriole sur son visage. Des décennies de folies y étaient gravées, ultime aboutissement du don-quichottisme.

A l'intérieur, un ballon de barrage rempli d'hélium et retenu par un câble qui oscillait régnait sur le vaste cimetière de caoutchouc de la Sud-Dirigeables. Le père de Skelton tira sur le câble et le relâcha. Le ballon, en vibrant, alla reprendre sa place sous le plafond. Il portait sur son flanc un drapeau noir et l'inscription :

VIVE L'ENTRAIDE

Skelton trouva un cylindre plein d'hélium. Tous deux s'en remplirent les poumons et se mirent à parler avec la voix des canards de Walt Disney.

Skelton dit : « Dans l'exploration en profondeur du monde souterrain, une zone superficielle peut satisfaire certains investigateurs qui, pourvu que l'on gratte la surface de deux ou trois mètres, ne se soucieraient point de fouiller les entrailles de Potosi. »

Son père, de la même voix de canard, répliqua : « La folle et obscure Passion, la sueur atroce... ce que nul n'eût soupçonné hormis le cœur, le cœur aux abois... » Il poussa un énorme soupir ponctué d'un léger couac, ramassa une feuille d'épais caoutchouc et cancana : « O si cette chair trop matérielle pouvait fondre [1] ! »

Il avait son air le plus intérieurement illuminé et arborait son visage à la Manolete, aux yeux spirituels sous les lourdes paupières, un peu brouillés peut-être en cet instant par les hallucinations qui guidèrent les premiers Américains. C'était le visage de sa puissance visionnaire. Son autre visage, son visage à la Sinclair Lewis, légère-

---

1. Citation tirée de *Hamlet* de Shakespeare. *(N. d. T.)*

ment simiesque et aux mâchoires pleines de dents, suggérait qu'il avait eu dans sa jeunesse des problèmes de teint et dénotait une absence de solide base morale (ou de glucose dans le sang).

Les deux hommes continuèrent à cancaner à qui mieux mieux jusqu'à ce qu'il n'y ait plus d'hélium.

« Maintenant, mon petit, je voudrais revenir à cette histoire de conseil... si, euh, si ces murs et ces planchers voulaient bien cesser de tourbillonner JE SUIS UN TOXICOMANE et donc, si tu voulais, euh, me prêter la plus grande attention... » Skelton *fils* [1] essayait de son mieux de ne pas visualiser un grave combat de rats parmi les ombres.

« Asseyons-nous pour entendre ce conseil. » Il tapota l'air comme pour en faire surgir une chaise.

Les deux hommes s'installèrent sur les feuilles de caoutchouc qui jonchaient le sol de la fabrique. Le dirigeable était si immobile sur son câble qu'on l'aurait dit posé dessus. Au-dessus de la porte d'entrée, les yeux de Skelton qui étaient redevenus capables d'accommoder aperçurent un portrait du comte Zeppelin, avec la date de sa mort : 8 mars 1917. A côté de feu le visionnaire de l'hydrogène, un grand dirigeable rigide, portant le nom d'*Hansa,* reposait sur l'éclat pâle et illimité de la glace.

« On me dit en général que je suis un beau parleur. Que cela te soit une raison de ne pas m'écouter. Quand je te donnerai un conseil, si sincère soit-il, rappelle-toi mes entreprises absurdes dans l'industrie du dirigeable, ma réforme de l'armée pour cause de maladie mentale, l'échec de ma vie familiale et ainsi de suite. En d'autres termes, examine mes références, ha, ha! Et oublie tout ce que je te dis. Mais n'oublie pas que même mon bor-

---

1. En français dans le texte. *(N. d. T.)*

del a été un fiasco! Le tenancier n'a pas tenu! Les catins se sont ruées sur moi comme cent toucans en furie! Elles me tiraient dessus avec mes propres siphons d'eau de Seltz! Pendant les douze mois où le bordel a fonctionné, elles ne m'ont jamais accordé la moindre faveur gratis! J'avais une lesbienne congolaise qui se masturbait avec mes Churchill de La Havane et bouchait les toilettes avec! Elles pissaient sur mon violon, estampaient mes amis et elles ont refilé à ton grand-père une dose de syphilis montezumesque plus grande que nature, avec des chancres qui lui couraient sur tout le corps comme des traces de visons! Quand j'ai vu tout ce dont elles étaient capables, j'ai longuement médité sur mon existence. Pour commencer, j'ai fermé le Puta Palazzo, comme j'appelais ma petite affaire. Ensuite, j'ai passé cinq années à lire les textes religieux du monde, m'abattant à tire-d'aile comme un pigeon atomique qui retourne à son colombier sur le Rigveda, la Bible, le journal de Pascal, *Humiliés et Offensés* de Dostoïevski et les *Nouvelles exemplaires* de Cervantès, à la fois dans le spaniche original et dans l'incomparable traduction de James Mabbe/Don Diego Puede Ser, ha, ha! le courtisan élisabéthain et monstre paillard de la Castille ou de la *Cast Steel*[1] comme dit l'autre inimitable Diego. Bon, où en étais-je? Ah! oui. Fin de l'apprentissage religieux. Forgeage d'un métal brillant, trop ductile pour être forgé! L'apprenti se réfugie dans son lit, où il est instructivement persécuté par son père et son épouse. Le monde est vu à travers une moustiquaire. Lézards et surmulots se profilant au clair de lune tandis que Cayo Huesco fait dodo. Une lente, mais inéluctable aversion pour son propre père commence à se développer chez

---

1. Jeu de mots intraduisible. *Cast steel* signifie acier fondu. *(N. d. T.)*

le sujet, si contraire à ses désirs qu'il comprend que c'est la conscience de sa race, ce multisexuel et transnational calmar de peuple, bâtard de bout en bout et sereinement métissé, la seiche de la terre, qui parle à travers lui lorsque, tout à fait contre son gré, il pense en contemplant à travers la moustiquaire sa propre chair, celui qui, inutile de le dire, l'a procréé dans sa pleine difformité : Que Dieu m'assiste! Le sujet en question est partisan du non-agir et n'obéira pas à l'appel de sa race. Mais l'appel est là. Ce grand et puissant animal, ton grand-père, ce milliardaire intrigant, fils de sauveteurs d'épaves et archi-abrogateur de la justice, tombe en chute libre sur la terre, parachuté dans sa propre histoire avec ses putains et ses coloraturs au rancart, poursuivi par de vagues et pusillanimes agents d'assurances en coordonnés de gabardine pour faire joujou au soleil et, finalement, ou bien il mourra de son propre dégoût envers lui-même ou bien il sera traqué par des hommes qui demanderaient à consulter les antécédents de leur adversaire avant d'oser se mesurer à une misérable fourmi. Le successeur apparaît souvent comme une répugnante charogne aux yeux de celui à qui il succède. Oh! sauf à moi! Tu as toujours été susceptible de retourner à ton grand-père.

— Ça m'est pénible de le reconnaître. Je ne le dis d'ailleurs pas sans respect. Mais c'est un lourd fardeau. » Skelton concevait en effet que ses premiers désirs irrationnels l'aient porté à se détourner des secteurs soumis aux changements dont il avait hérité comme quiconque. A un certain moment, le plancton phototropique avait paru être l'anti-univers voulu, un monstre collectif qu'on ne pouvait connaître et évaluer qu'à l'aide de sondes électroniques, de formules, d'hypothèses. Mais, même là, il y avait un seuil, un seuil qu'il ne pouvait pas franchir, par manque d'intelligence, soupçonnait-il, ou de faculté de raisonner. Donc, lors d'un voyage qu'il avait effectué avec le professeur qu'il admirait le plus pour étudier les courants du golfe du Mexique, il avait entendu le dialogue suivant entre deux matelots de pont :

« Crois-tu que Notre-Seigneur te sauvera ?

— Mon cul ! »

Cette grotesque joute ontologique avait eu pour effet de lui arracher un rire prolongé, absolu. Un rire tout à fait enfoui maintenant et qui de temps en temps faisait grimacer son visage d'un désir spirituel éperdu. Le désir de *quelque chose*. D'un rire plus lucide, d'une victime qui s'écriait *Banco* sur le mont du Calvaire et qui assurait de meilleurs dividendes que les bons de la défense nationale ou les voyages obligatoires au Népal en quête de messages introuvables dans son propre pays. Même d'une victime qui n'avait jamais existé.

« Autre chose encore, dit son père. J'ai rencontré mon vieil ami, le capitaine James Davis, ex-patron du chalutier *Marquesa,* condamné à l'heure actuelle à préparer des salades au restaurant Howard Johnson's. Il me dit que tu lui parles toujours de moi...

— C'est vrai.

— ...et que tu lui poses toujours pour finir des questions sur ta mère.

— C'est vrai et il ne me dit jamais rien sur elle.

— C'était une putain.

— Je m'en doutais.

— Dans mon propre bordel. Est-ce là ce que tu voulais savoir ? Elle était belle. Un ange et une mine d'or. Je suis fier d'elle.

— Je l'espère bien, balbutia Skelton.

— Bon, dit son père, qu'est-ce que tu vas faire ?

— Ce que je t'ai dit.

— C'est bien ce que je pensais.

— Et toi ?

— Je vais rentrer à la maison, prendre une douche et attendre dans l'espoir de te revoir. »

Les deux hommes sortirent du bâtiment en passant sous le comte Zeppelin et l'*Hansa*. Le soleil était déjà levé. Dans six ou sept heures, il s'enfoncerait dans la mer aux acclamations de la foule rassemblée au bassin de Mallory. Des touristes errants, déracinés, cotes mobiles sur les cartes militaires des chambres de commerce, s'infiltreraient bientôt dans la foule des rues du centre.

Skelton et son père se quittèrent sans cérémonie. Ces descentes dans le trou avaient été épuisantes. Bientôt ils regarderaient de nouveau le monde à l'oblique. Chacun d'eux savait que, dans notre pérégrination superficielle et obstinée sur le glacier, le plus absurde est encore notre sentiment illusoire de progression.

Glissement, rêveries : on n'a presque jamais les yeux en face des trous. Skelton ne pouvait pas aller à la selle. Si le cul d'un homme est bouché, pensait-il, ça finit par paralyser son cerveau. Il se rappela ses anciennes fictions, Don et Stacy, le Peuple des Plaines. On frappe un coup à leur porte, dans le plat pays. Stacy appelle : « Don ?

— Quoi ?

— Il y a quelqu'un dehors, avec une épée cruelle et rapide. »

Demain matin, il emmenait en mer Olie Slatt, mineur du Montana, pour lui procurer un trophée.

« Allons dîner en ville.

— Où ça ? » demanda Miranda. Skelton nomma un restaurant renommé pour les fruits de mer. « Vraiment ? s'écria-t-elle.

— Qu'est-ce que tu as contre ?

— Le crabe est toujours trop cuit et réduit en bouillie.

Le vivaneau rouge est marbré d'oxyde de fer et la salade est assaisonnée avec de la térébenthine.

— Qu'est-ce que c'est que ce savon?

— Du savon parfumé au pin.

— On va puer comme une scierie. Comment se fait-il qu'il soit accroché à une ficelle? C'est pour le récupérer si on l'avale? »

Skelton poussa un pied, invisible sous l'eau floconneuse, entre les cuisses de Miranda et en explora doucement l'intérieur avec ses orteils. « Tu es encore bourrée?

— Pas trop.

— Qu'est-ce que tu as fait à l'école?

— On s'est tous raconté nos meilleures histoires vraies.

— Qu'est-ce que c'était?

— Un garçon a attrapé un serpent à sonnettes qui nageait dans le chenal à Little Torch... Je n'arrive pas à me souvenir des autres...

— Qu'est-ce qui ne va pas?

— J'ai peur pour toi.

— Il ne faut pas.

— J'interviendrais si je pensais que ça puisse servir à quelque chose.

— Ça ne servirait à rien.

— Je ne vois toujours pas pourquoi tu appréhendes un crime quand il ne s'agit que d'une rixe de bar prolongée.

— C'est là que tu te trompes. Il ne s'agit pas du tout d'une rixe.

— En tout cas, si tu vas guider demain, moi j'irai sur le continent voir ma grand-mère. Je ne veux pas rester ici. Et Dieu sait pourtant que je ne peux pas supporter ma grand-mère!

— Mais il y a l'école. Tu ne peux pas t'absenter.

— Je m'en fiche.

— Tu perdras ton poste.

— Et alors?

— Est-ce que je peux venir de ton côté? » Miranda répondit que oui. Skelton se glissa vers elle, soulevant une énorme vague qui parcourut toute la baignoire avant de s'engouffrer dans le trop-plein en provoquant une éructation formidable dans la tuyauterie.

« Je voudrais de la tourte au citron, dit-il en souriant.

— Tu n'en auras peut-être pas si tu vas guider.

— Le Dr Irving Marfak dit dans *La Tourte au citron sans peine* qu'on ne doit jamais s'en servir pour faire du chantage.

— Très bien.

— Quoi?

— C'est l'heure du goûter.

— Alors, sèche tes larmes. »

Miranda suivit la route A1A tout du long jusqu'à Alligator Alley, en empruntant le raccourci d'Homestead pour gagner un peu de temps. Elle était incapable même d'écouter la radio. Après Key West, c'était toujours surprenant de voir les stands de légumes, les champs de tomates et de haricots verts, toutes ces manifestations éparses de la vie agricole en bordure des Everglades. Elle n'éprouva aucune surprise, pas plus qu'elle n'écoutait la radio.

Le début de son séjour chez sa grand-mère fut semblable au milieu et à la fin. Elle arriva à temps pour le dîner. Sa grand-mère, une dame du monde bien connue, auteur d'un ouvrage sur les coquillages des îles Sanibel et Captiva intitulé *Les Bivalves et moi,* était vêtue d'une

longue robe du soir. Elle portait un sac à maillons de
métal et un chien.

Elle était ivre comme une grive.

Tandis que Miranda se préparait pour le dîner sur
lequel elle n'arrivait pas à fixer sa pensée, le chien se
jetait sur elle de temps en temps en grondant, cherchant à la mordre. Il s'appelait Vecky, diminutif de Carl
Van Vechten, et ressemblait à un maigre rat de mœurs
douteuses.

« Grand-mère, dit Miranda d'un ton calme, débar-
rasse-moi de cet animal ou je vais le frapper. » La
grand-mère marqua sa désapprobation. Ses paupières
inférieures s'affaissèrent, descendirent de plus en plus
bas, vraiment bas, jusqu'à ce qu'on voie apparaître de
gros traits rouges de réprobation sous chacun de ses
yeux langoureux. N'étant jamais sûre de sa démarche
quand elle était ronde, elle portait des robes longues
pour cacher ses chaussures de basket. Mais de toute
façon, nul ne l'ignorait, car on pouvait entendre leur
furieux crissement quand elle traversait majestueusement la pièce.

Au club, ni l'une ni l'autre ne touchèrent à leur repas.
Elles se bornèrent à contempler d'un air maussade leur
assiette remplie d'une viande de choix où seul le brillant
persil attirait l'œil. La salle donnait à Miranda l'impression de baigner dans une tristesse bleuâtre. Au
centre, un petit spot donnait un relief étrange à un mon-
ticule de glace d'où descendait une avalanche de crevettes.

La grand-mère de Miranda, pour finir, appela le
serveur d'une voix voilée pleine d'autorité.

« Klaus! Klaus! Klaus! »

Klaus accourut, afin que d'autres puissent goûter en
paix leur repas.

« Klaus, dit-elle, Vecky en aurait le cœur brisé. »

D'un large geste directorial, elle désigna la viande inu-
tilisée. « Si vous alliez chercher une pochette?

— Tout de suite, Madâme Côle. »

Une force puissante transporta Klaus aux cuisines. Il
en ressortit bientôt avec la pochette et y fourra la
viande, non sans s'être posté de façon à pouvoir couler
un regard dans le corsage de Miranda. Plus tard,
Miranda observa le petit monstre qui grondait pour
défendre son univers de viande, ensanglantant ses
maigres pattes pelées et dardant une mince langue à
travers le gras.

Quand Peewee Knowles revint de Cuba, il passa une
semaine en quarantaine politique sous la surveillance
d'une mangouste de la C.I.A. qui, non content de le
surveiller, le questionna et l'obligea à remplir des tests
jusqu'à ce qu'il ait cerné ses médiocres et écœurantes
activités politiques. L'homme de la C.I.A. qui, curieusement, s'appelait Don et, non moins curieusement,
était originaire des Prairies, additionna les équivalents
numériques des réactions et opinions de Peewee. Son
comportement devant une colonne de chiffres n'était
pas sans rappeler celui de Myron Moorhen. Lorsqu'il
eut fait le total, il le divisa par le cœfficient 10, vérifia
l'opération et, s'étant levé, déclara à Peewee qu'il était
un grand Américain.

Peewee se rendit chez Burdine's, où il se procura la
panoplie de l'homme élégant lancée par Arnold Pal-
mer [1]. Puis il se rendit chez le coiffeur du centre commercial. « Où vous êtes-vous fait couper les cheveux
pour la dernière fois? demanda le coiffeur. A Key
West? »

---

1. Célèbre joueur de golf. *(N. d. T.)*

Peewee se retourna, l'œil fixe, et dit : « Pas de tondeuse sur la nuque. »

Lorsque le petit agent d'assurances eut regagné la capitale de l'îlot et retrouvé sa noble épouse, il fut surpris de se trouver de nouveau assailli par les créanciers. Il se mit à voir rouge. Il était déchaîné. Bientôt cependant, en plaçant lui-même des assurances au lieu de se borner à faire des expertises, il commença à distinguer une lueur au bout du tunnel. Et, sur ces entrefaites, il apprit ce que nul homme marié ne souhaite entendre : à savoir que, pendant son absence, sa petite femme l'avait trompé.

Il réagit d'abord par une plaisanterie méchante. Il déclara à Bella qu'avant de pouvoir faire l'amour à nouveau avec elle, il faudrait qu'il la ramone avec un jambon de cinq livres. Il reçut pour cela une bonne raclée.

Le lendemain, Peewee, dans un état de rage, traversa toute la ville pour se rendre à l'immeuble Skelton. Goldsboro Skelton allait devoir lui acheter une assurance immobilière, une assurance à dotation et une coûteuse assurance-vie ou on allait voir ce qu'on allait voir.

« Mr. Goldsboro Skelton, s'il vous plaît.

— Je vais le prévenir », dit Bella.

Peewee pénétra dans le bureau de Skelton.

« Combien de tout ça vais-je devoir acheter ? » demanda Goldsboro à l'Américain. Alors, juste pour lui montrer à qui il avait affaire, Peewee Knowles libella un chèque de mille dollars et alluma son cigare avec.

Cette nuit-là, Peewee pénétra Bella par en dessous, libérant les aspirations naissantes qui depuis peu gonflaient sa poitrine comme un millier de pingouins rageurs. Quant à Bella, elle s'allongea sur Peewee avec une rubiconde conscience de son propre âge et de sa propre expérience qui coupa bientôt le souffle à l'époux provisoirement oublié.

Skelton mit sa peur en réserve comme on met en réserve des provisions. Levé avant le soleil, il avait disposé son attirail sur le lit, passé autour du cou le monofilament auquel étaient suspendues ses lunettes. Il n'y avait pas encore de brise, les arbres étaient toujours noyés dans l'ombre, une ou deux lumières brillaient aux fenêtres de l'hôtel.

Que voudra manger ce mineur? Il mangera ce que je lui donnerai. Skelton fit quatre sandwiches garnis de saucisses de foie et d'oignons, qu'il rangea dans la cantine en bois avec des oranges et un carton de six bières Gator Ade. Les engins de pêche étaient dans le bateau, les crevettes dans le vivier : six douzaines hachées et quatre douzaines vivantes. Il lui faudrait ouvrir l'œil : chercher un trophée pour Olie Slatt.

Il était prêt. Il fit le tour de la carlingue, feuilleta ses livres pleins d'animaux merveilleux, jeta un coup d'œil sur ses propres spéculations arides concernant la reproduction de l'A.D.N., sur des graphiques pris dans Thomson illustrant la variabilité de l'erreur, sur un dessin de plumes hypertrophiées et de doigts préhensiles enfouis dans des nageoires de baleine : ses connaissances personnelles, ses connaissances perdues.

Il y a quelque chose dont je suis fatigué, pensait-il.
Le petit déjeuner chez Shorty's : son fameux pain perdu. Des cuisiniers cordiaux préposés à la friture planent au-dessous du menu-cyclorama. La serveuse aux cheveux à reflets bleuâtres jette un coup d'œil averti dans la vitrine contenant les beignets.

Un monsieur noir, le seul autre client, envoya le sucrier à Skelton le long du comptoir, faisant montre d'une subtile appréciation des distances. Skelton en tomba amoureux. L'autre serveuse, une traînée blonde et indifférente, lui versa une seconde tasse de café sans qu'il l'ait demandé. Il en tomba amoureux. Et se mit à rêvasser entre ses deux nouvelles amours tandis que le fameux pain perdu de chez Shorty's se refroidissait et se durcissait sous sa luisante patine de sirop de sucre.

J'aime, pensait Skelton, bien que ses regards parussent embarrasser l'un et l'autre objet de sa flamme.

Maintenant, finissons-en et consultons l'horaire des marées afin de savoir où les trophées ont l'intention de se trouver aujourd'hui.

ANNUAIRE DES MARÉES
Prévisions pour les hautes et basses marées
CÔTE EST DE L'AMÉRIQUE DU NORD ET DU SUD
Y COMPRIS LE GROENLAND

Il ouvrit le livre et fixa la page un long moment avant de se rendre compte qu'il n'avait pas besoin des prévisions concernant Isla Zapara, Venezuela. Distraitement, il élimina l'estuaire de Savannah, Galveston et Saint-Jean, Nouveau-Brunswick.

Key West, horaire d'hiver, se trouvait à la page 122. Pour ce jour, il lut :

0024	0,8
0518	0,0
1142	1,7
1906	0,7

En comptant avec le décalage de trois heures aux Barracudas, il pouvait bénéficier de la marée montante en tout début de matinée. Se replier ensuite sur les Snipes à l'ouest de Turkey Basin. Puis explorer les Mud Keys, Harbor Keys, Bay Keys, Mule-and-Archer pour dénicher du scombre, et rentrer. Vraisemblablement avec le trophée qui permettrait à Olie Slatt d'épater ses voisins.

Cette question réglée, Skelton commença à ne plus se sentir amoureux. Dehors, il vit passer une Chrysler Imperial chromée et à moitié rouillée et pensa : que c'est déprimant. Cette Imperial peut fort bien s'envoyer en l'air avec une Dodge Coronet et lâcher son huile sur notre chaussée.

« Le soleil n'a pas l'air de vouloir se lever, dit-il, de plus en plus abattu, à l'homme qui se tenait au comptoir.

— Non, n'est-ce pas ? » répondit l'homme avec un petit rire, épargnant son souffle au cas où il lui faudrait poursuivre. La serveuse dit à Skelton : « Vous voulez acheter une Studebaker ?

— Non. Mais merci de me le demander.

— Bah ! »

La main de Skelton, sur ses genoux, se mit à chercher les clefs du bateau. Ne les trouvant pas sur-le-champ, Skelton bondit et tapa sur ses poches, où il les découvrit aussitôt. Il se rassit.

Il était temps de se rendre au quai. L'addition s'élevait à un dollar quarante. Skelton avait un billet de vingt dollars. Il le glissa sous sa tasse avec l'addition. La serveuse accourut.

« Ça va bien, dit-il.

— Je ne comprends pas.

— Ça ne vous suffit pas ? »

Piochant dans sa bouche avec sa fourchette, il enleva la couronne à demi descellée et la déposa sur le billet et l'addition qui énumérait le pain perdu et le café.

« Vous me direz quand ça suffira.

— Ça me suffit.

— Je n'ai pas entendu.

— Ça me suffit », répéta-t-elle un peu plus fort. Elle

était aussi blanche que les beignets sous leur couche de sucre derrière elle. Il y avait quelque chose dont Skelton était fatigué.

« Qui était ce bandit masqué ? demanda le client qui avait passé le sucrier à Skelton.

— Je crois que c'est un guide.

— Il a une araignée dans le plafond.

— Quoi ?

— Il a une araignée dans le plafond.

— Ha, ha ! »

La serveuse aimait rire. Elle se coula le long du comptoir, à moitié disposée à partager la couronne. Elle trouvait le client vraiment désopilant.

« Mon client est là ?

— Pas encore », dit Carter. Skelton monta à bord de la barque et rangea les provisions. « Cart, donnez-moi un bloc de glace, s'il vous plaît. » Carter apporta le bloc au bout de pinces et le lui tendit du haut du quai. Skelton essaya de l'introduire dans la glacière. Il était trop grand. Avec le pic que lui fit passer Carter, il se mit en devoir de le casser, faisant voler partout des éclats, jusqu'à ce que le couvercle de la glacière puisse se refermer. Puis, ôtant les boissons de leur emballage, il les disposa tout autour de la glace.

« Qu'est-ce que vous allez pêcher ?

— Le tarpon, dit Skelton. J'ai les marées qu'il faut pour ça et c'est mon intention d'en profiter. Si ça ne plaît pas à Roy Rogers, il n'a qu'à se faire foutre.

— Le contrat est pour du scombre.

— Et moi je vous dis que les marées ne sont pas du tout bonnes pour ça.

— Je sais, je sais. Qu'est-ce qui vous prend ? »

Skelton se mit à hurler. « Pourquoi les gens veulent-ils un guide ? Ils ne sont pas capables de lire l'annuaire des marées mais ils ont déjà décidé ce qu'ils veulent pêcher !

— Ne vous énervez pas comme ça. Faites comme moi. Vous pêchez jusqu'à quatre heures. Puis vous empochez l'argent. »

Olie Slatt arriva en taxi. Il portait un bikini et avait à la main un sac de plage en tissu de velours éponge. Il était vraiment taillé pour la vie dans les mines de sorte que, lorsqu'il eut enfilé un peignoir de bain qui lui tombait jusqu'aux pieds, l'effet produit était assez incongru. Il monta à bord.

Skelton prit son sac de plage pour le ranger. Il y avait dedans des lunettes de soleil enveloppantes *La Dolce Vita,* un annuaire de téléphone, des socques et un rouleau de papier hygiénique.

Nichol Dance ne s'était pas encore montré. Les clients de Carter étaient sur le quai. D'abord, un anesthésiologue et un concepteur d'outils de Spokane qui devaient pêcher le lendemain. Ils venaient prendre une petite leçon de lancer pour pouvoir s'exercer d'ici là, tâche que compliquait, chez l'un comme chez l'autre, une certaine absence de contrôle des organes moteurs.

Puis arrivèrent les clients de la journée : les Rudleigh, qui avaient abandonné Dance, jugeant qu'il était « un cas ». Vieux professionnels, en tenue de sport blanche et chaussures de pont, ils apportaient leur attirail de pêche personnel dans des coffrets et deux thermos de Gibsons.

Skelton mit le moteur en marche, le fit chauffer rapidement et partit vers le large. Carter le suivit des yeux jusqu'à ce qu'il voie la barque planer, puis virer sous le vent en direction de l'autre côté de l'îlot.

Nichol Dance arriva environ cinq minutes après. Les Rudleigh battirent en retraite.

« On vient juste de voir un guide partir pour son premier voyage.

— Ah! oui.

— L'avait l'air tout ce qu'il y a de plus organisé. Casse-croûte, attirail propre, disposé comme il faut, tout prêt à fonctionner.

— Qu'est-ce qu'il est allé pêcher avec cette libellule?

— Le tarpon, je crois... »

Dance désigna d'un signe de tête les Rudleigh. « Tu emmènes ces saucisses, Cart?

— Oui, jusqu'à quatre heures.

— Quelles sont les marées?

— Marée basse à Key West à cinq heures dix-huit.

— Ce qui fait que la première étape du nouveau guide sera les Barracuda Keys.

— Je le suppose. »

Dance regarda Carter et ricana : « Où veux-tu qu'il aille? A Toptree Hammock? Ce garçon m'a volé le plus clair de son itinéraire. »

Il portait une chemise bleue parsemée de dauphins blancs. Une chemise à manches courtes, qui tombait sur le pantalon. Il n'était pas bâti en force, mais ses bras vigoureux lui donnaient l'allure d'un sportif, d'un joueur de hand-ball par exemple.

Carter fit monter ses clients à bord, tandis que Dance sautait dans sa propre barque. Il s'arrêta sur le quai, un paquet de cigarettes à la main et observa Dance tout en déchirant le mince ruban rouge de cellophane.

Mais le moteur de Dance refusa de démarrer. Cart s'approcha, tripota le carburateur, ôta les bougies et les remit en place, sans réussir davantage à le faire partir.

« Il va pas marcher, dit-il. Ça s'entend.

— Bon sang de bon sang, dit Dance d'une voix blanche.

— Tu veux ma barque? » Dance leva les yeux. Carter regardait ailleurs.

« Tu veux mon revolver?

— Non.

— Alors, pourquoi veux-tu me prêter ta barque?

— Je pensais que ça te rendrait service.

— Si je me sers de ta barque, comment vas-tu payer les achats de ta garce de femme?

— Je n'en sais rien.

— Je suis désolé, Cart, sincèrement. Je suis désolé d'avoir dit ça.

— Nichol, mes clients peuvent voir dans quel état tu es.

— C'est bon, c'est bon, je m'arrête.

— Qu'est-ce que tu veux faire? demanda de nouveau Carter, le regard posé sur la route, jaugeant la circulation, sa densité, sa vitesse.

— Je ne sais pas ce que je veux faire.

— Veux-tu le skiff?

— Oui, je vais le prendre. »

Les deux hommes se dirigèrent vers le bateau de Carter. Les Rudleigh étaient à bord, paresseusement installés sur les sièges.

« Puis-je vous demander de descendre, s'il vous plaît. »

Médusé, le couple s'exécuta.

« Qu'est-ce qu'il y a, capitaine?

— Il y a que mon ami a besoin du skiff. Je crois que ça va être un jour pour le golf miniature. »

Rudleigh dit : « A d'autres, capitaine. Vous nous avez déjà fait le coup une fois.

— Notre sortie est annulée, je le crains. Il y a une urgence dont il faut qu'on s'occupe.

— Bon, eh bien, nous allons aller de ce pas à la Chambre de Commerce. Vous avez peut-être une version officielle de l'incident que vous voulez que nous lui transmettions pour expliquer l'annulation d'un rendez-vous pris depuis un mois?

— Oui.

— Laquelle?

— Vous direz que le capitaine, ou le guide, a éprouvé un certain manque d'intérêt — ou d'ambition — et qu'il est tombé dans les pommes. »

Dance disparut dans un vrombissement de moteur.

« Chérie, cria le père de Skelton à sa femme de la salle de bains, fais-moi quatre œufs brouillés et verse-moi le café maintenant pour qu'il ait le temps de refroidir. »

Il se rasa très soigneusement et à fond, traçant des sillons dans la mousse après s'être mouillé le visage d'eau chaude avec un gant de toilette et badigeonné de crème tiède et épaisse.

Le changement était tout à fait extraordinaire. La peau olivâtre redevint visible sur ce masque de poète ibérique qui aurait tiré toute son inspiration d'un paysage composé d'un arbre unique et d'une lune pleine. Mais c'était aussi bien, si l'on croit à ces choses, le visage d'un être incapable de cruauté. Et profondément enclin à la folie.

Il finit de se raser, se manucura les ongles, se peigna et endossa ses vêtements pour la journée, exécutant chaque chose l'une après l'autre avec des gestes vifs. Puis, sans se presser, il alla prendre son petit déjeuner, qu'il absorba tout en jetant des notes sur un bloc.

Aujourd'hui, il allait commencer quelque chose. Il cherchait à le mettre au point sur son bloc, où il avait inscrit :

1. *Feu*
2. *Air*
3. *Océan*
4. *Rues*
5. *Maisons*
6. *Espace*

Il en était au 7. C'était son chiffre porte-bonheur. Il n'arrivait pas à se décider entre « Infini » et « Évacuation des déchets ».

« Je m'en fais beaucoup pour ce garçon, dit Jeannie quand elle apprit que Carter avait prêté son bateau à Dance.

— Pourquoi?

— Parce qu'il va être tué!

— Oh! voyons, Jeannie! Nichol ne lui fera pas de mal.

— Pourquoi penses-tu qu'il soit allé là-bas alors? »

Carter ajustait une cravate-plastron correcte en prévision de sa visite à la Chambre de Commerce.

« Pour se suicider, dit-il, ça me paraît évident. » Et, pour la nième fois, il se mit à expliquer qu'aucune force au monde ne pouvait retenir un homme de mettre fin à sa vie s'il y était vraiment décidé. Il vérifia le nœud de la cravate dans le miroir. Puis il se regarda dans les yeux, pensant : Tu es un hamster sur une roue et un chien bâtard tout à la fois.

« Jeannie, allons en ville acheter un gros truc.

— Pourquoi, chéri?

— Viens. Un truc gros comme les suicides de la terre pour mettre sur la pelouse. Je crois qu'il nous faudrait quelque chose de couleur vive, ou bien assortie aux persiennes. » Le visage de Jeannie s'allongea.

« Non, toi, dit-elle, faisant peut-être peur à Carter pour la première fois. Je crois que c'est quelque chose que toi, tu devrais acheter. »

Dure et coriace remarque dont ils se consolaient tous les deux. Jeannie la première, en déployant un entrain meurtri parmi les soldes du Nouvel An et les offres exceptionnelles. Première arrivée, elle serait la première servie. Jusqu'à cette heure indéterminée où elle sera précipitée dans le trou avec le reste d'entre nous.

Les hauts-fonds adjacents à l'extrémité nord-ouest des Barracuda Keys relient ce minuscule archipel à Snipe Point. Ils forment en fait la bordure occidentale de Turkey Basin et journellement l'océan y déferle sur l'herbe à tortue, divisant le banc en sections biseautées qui, vues d'en haut, ressemblent à des scarabées d'un vert d'émail à côté du vert azuré du golfe du Mexique. Le long de la bordure interne se trouve une concentration de gros et dangereux récifs.

Skelton commença à pêcher à marée montante dans le premier de ces hauts-fonds, en se dirigeant à la perche vers Snipe Point. Olie Slatt et lui rencontrèrent quatre bancs de tarpons qui arrivaient avec des pastenagues, des requins marteaux et de petits barracudas. Ils en rencontrèrent deux autres dans le deuxième haut-fond, en avançant en lisière de la crique par trente ou quarante pieds de vase. C'est là qu'Olie Slatt ferra son trophée, un tarpon de taille exceptionnelle. Ils dérivèrent avec la marée tandis qu'ils luttaient contre le poisson et c'est parmi les récifs que Skelton essaya de ramener celui-ci vers eux.

Il avait entendu arriver Dance pendant les dix dernières minutes du combat, mais il continua à rapprocher Slatt de sa prise, qu'il attrapa d'un geste précis avec l'épuisette. Dance se dirigea droit sur eux et coupa le moteur. Il monta dans la barque de Skelton, le revolver à la main, et lui demanda où il voulait qu'il tire. Skelton désigna l'endroit qu'il avait imaginé quelque temps auparavant, dans le centre commercial. Et la question de sa foi ou de son courage trouva sa réponse. Mais ce n'était pas du théâtre : Dance lui logea bel et bien une balle dans le cœur. Ce fut la découverte de sa vie.

Dance tendit à Slatt l'épais revolver et s'assit au fond du bateau à côté de Skelton.

Au lieu de l'abattre, comme il avait d'abord pensé que l'exigeait son devoir envers la République, Slatt lui assena un coup de massue sur la tête avec le revolver. Il continua à frapper jusqu'à ce qu'il sente la tête se réduire en bouillie sous ses coups. La barque vide commença à dériver vers le large avec la marée.

Ensuite, il mit le moteur en marche. Il naviguait debout, Skelton et Dance gisant en tas à ses pieds, deux vies avortées, curieusement parallèles. Son peignoir blanc flottait derrière lui et il serrait le brillant trophée contre sa poitrine. Ses mâchoires étaient légèrement ouvertes à la brise.

Il se dirigeait vers l'A1A.